溺々愛
～俺様富豪と鬼畜子爵に愛されて～

Tail Yuzuhara
柚原テイル

Honey Novel

Illustration

ゆえこ

CONTENTS

【プロローグ】令嬢と羽根帽子

屋敷の正面玄関に次々と招待客の馬車が乗りつけられるのを、冷めた瞳《ひとみ》で見ている男の影が二つ。

彼らは燃えるような橙色《だいだいいろ》の灯《あか》りと花の香りに包まれた三階のバルコニーから、階下を眺めていた。

ラロヴィング公爵家の舞踏会は間もなく始まる。

もてなし上手の公爵夫人は、人脈が広く、招待客の幅も絶妙であると評判だった。

由緒正しい貴族はもちろん、成り上がりでも礼儀とユーモアに富んだ者。売り出し中の舞台女優、品と美貌《びぼう》を持つ選ばれた高級娼婦《しょうふ》。ラロヴィング公爵夫人の招待客リストは、真似《まね》をされることでも有名である。

眼下に列をなして広がる馬車からは、着飾った令嬢が次々と組み立て式のステップから下りてきて、足早に正面玄関へと吸い込まれていく。

煌々《こうこう》とした屋敷の灯りのせいで、コートやそれに包まれたドレスの色ははっきりとわからないが、華やかに着飾っていることは一目瞭然《いちもくりようぜん》だった。

黒みを帯びた橙色の服飾の元の色は、瑠璃色《るりいろ》かマラカイトグリーン、蕩《とろ》けるオレンジ色は、純白や生成り《アイボリー》だろう。

たっぷりの毛皮《ファー》コートに、仰々《ぎようぎよう》しいつばの広い帽子。踊る時は脱いでしまうのに、馬車から降りる時だけのために贅《ぜい》を尽くされたもの。

「どうだ？　七本の羽根飾りの帽子を見つけたか？」

「いいや……まだ――」

彼らが誰よりも早く到着して招待客を眺めているのは、より長い時間、社交の場に浸りたいからではない。見極める必要があるから――。

舞踏会の退屈を紛らわすためのゲームをしているからだ。

目印は、馬車から降りる時の帽子に七本の羽根飾りがあるということだけ。

慎重を期した合言葉は舞踏会の場で確かめられ、一夜限りの淫《みだ》らを極めた情事に及ぶ。

それは、彼らが望まずに手に入れてしまった伯爵と子爵という身分に、皮肉をこめて抗《あらが》うためともいえた。

「今夜、貞淑《ていしゆく》なふりをして派手なプレイをしたいと望んだ女はどいつだ？」

ガイがせせら笑いながら息を吐く。筋肉質な身体《からだ》は、ぴったりに仕立てた極上のタキシードが似合っていたが、肩幅が苦しそうに見える。

「二人の男を咥《くわ》え込みたい顔は、さぞかし強欲で獣の形相だろうね」

今度はバルコニーの反対側に立つステファンが、皮肉に唇を歪《ゆが》めた。

すらりと背の高い身体に、細身の夜会用の燕尾服《えんびふく》を身に着けているが、前髪は長く下ろされたままで——紳士としては、不作法だ。

彼らは互いに友人なわけでもない。

招待客という退屈な身分のまま澄ましているのに嫌気がさして、危険を冒したい同じ気分の淑女と赤裸々な夜を過ごしたいと思っているだけ。

共通しているのは、高貴な者、選ばれた者への蔑《さげす》みと反逆心だけだった。

情事や賭《か》け事《ごと》——スリルのあることを好み、安定を決して望まない。

世間は彼らのことを〝放蕩《ほうとう》貴族〟という。

その二人がたまり場としているサロンへ、ある夜に一通の伝言が届いたのだ。

『私を激しく襲ってください。息をつく暇もなく乱れて、二人に同時に抱かれたいの』

一人の男では満足できないほど深い欲望を秘める身体なのか。

それとも、二人の男から同時に責められる罪深さを知りたいがゆえの過ちなのか。

ガイとステファンにとっては、それもどうでもいいことだった。女とは、取り繕って貞淑そうな顔をしていても、一皮剝《む》けば牝《めす》――そう男たちは思っていた。

だから、今日はその仮面を暴いてやろうと、こうして二人は玄関を見張っていた。

目印となる帽子を探して。

「あっ……馬車から、羽根飾りをたくさんつけた帽子の女が降りてきた。一本、二本……七本確かに。随分《ずいぶん》待たせるじゃないか。って……え……」

戸惑うステファンの声同様に、ガイも体軀《たいく》を屈《かが》めてバルコニーから身を乗り出した。

「どう見ても男を知っている顔じゃないぞ」

二人とも、激しく動揺し、影が揺れる。

七本の羽根飾りの帽子の女は、まだあどけない無垢《むく》な淑女《レディ》に見えたからだ。

彼らは反射的に彼女の顔と、馬車の紋章を記憶しながら、思いを巡らせた。

てっきり火遊び好きの高級娼婦か、社交界から避暑地に追いやられる寸前の不貞娘。そんなことだろうと二人は考えていた。

けれど、今夜のゲームは違うのだと気づいた。

彼らは、茫然《ぼうぜん》自失のまま、彼女の一挙一動を見つめていた。

男たちのそれは、新鮮さと微笑《ほほえ》ましさ、優しげで少し気の弱い女の姿に見惚《みと》れる顔だ。

彼女は、ラロヴィング公爵家の壮麗さに圧倒され、自信なさげに辺りを見回し、つき添いの年配の夫人に追い立てられ、萎縮《いしゅく》しながら正面玄関に吸い込まれていく。

「…………行こう」

「ああ……」

ステファンが意を決したようにぽつりと呟《つぶや》き、ガイが頷《うなず》くように顎《あご》を引いた。

彼女はあどけない天使か、魅惑の悪魔か。

今夜はすでに魔法がかかっている。

目に焼きついたままの無垢な姿の正体を確かめなければ――――!

【第一章】壁の花の舞踏会でさらわれて

テレーゼ・アンドルース伯爵令嬢がどうして七本の羽根の帽子をかぶっていたのか、時は少しだけ遡《さかのぼ》る。

舞踏会へ向かう馬車に乗るほんの二時間ほど前。

テレーゼの叔母《おば》である、ロミルダ・ベルコーレ夫人の屋敷の一室では、準備の支度で大忙しだった。

テレーゼは桃金色《ストロベリーブロンド》のゆるく波打つ髪を、侍女のセレネに結い上げられていたところで――。

琥珀色《こはくいろ》の瞳に合う柔らかな桃色のイヴニングドレスは襟《えり》ぐりが広く、その滑らかな首のラインに、別の使用人によって宝石つきのネックレスが留められていく。

たっぷりと使われたレースに、さらさらと衣擦《きぬず》れの音を立てる桃色のサテン。幾重にも重ねられたスカート部分のドレープとなった一番上の布は、金糸で大輪の薔薇《ばら》が描かれた濃いめの桃色だ。

大鏡の前で見る自分の立ち姿は、五度目の舞踏会なのに、まだ慣れることはなかった。

「ねぇ……その、少し……胸元が涼しい気がするのだけれど」

「いいえ、テレーゼ様。これでよくお似合いです」

ぴしゃりとセレネに言われて、消沈する。

ここへ来てからのつき合いになる彼女は、アーモンド形のブロンズ色の瞳に、きつく結いあげた濃茶の髪をしている。

使用人としては正しい立ち位置なのかもしれないけれど、少しテレーゼには冷たい感じがして、いつも取りつく島がなかった。

侍女にもロミルダにも逆らう気はないけれど、露出が多く、派手に飾り立てすぎだと彼女は思う……まるで羽根を広げて敵を威嚇《いかく》する鳥のようだ。

鳥であっても求愛はもっと慎《つつ》ましやかな気がする。木立《こだち》の優しいさえずりのように。

けれど、舞踏会では今のテレーゼよりも、もっときわどい格好をした令嬢や、華やかなドレスに出会う。

だから、社交界においては、自分の中の常識よりも、舞踏会で煌《きら》びやかに着飾る彼女たちのほうが正しいのだとテレーゼにはわかっていた。

今期の社交界で二十歳《はたち》の遅いデビュタントを迎え、初めての舞踏会から、五回も連続で決まった相手が見つからない。

はじめこそ、仮初《かりそめ》のパートナーが用意されていたけれど、相手は尽きてしまい、意気揚々《いきようよう》とテレーゼのつき人を名乗り出た叔母のロミルダに、いつ見放されてもおかしくなかった。

五回ともドレスの色やデザインはまったく異なる。

新調したのが二着。あとは母とロミルダのドレスを仕立て直した。

精一杯、見栄を張った装い。

テレーゼは、没落寸前のアンドルース伯爵家の令嬢だった。

遠縁の叔母にあたるロミルダの厚意で、今期だけという条件で今はベルコーレ家に滞在している。

テレーゼには妹がいるけれど、まだ十二歳と幼く、男の兄弟はいない。

跡継ぎが女だけになってしまった貴族――その末路は悲惨だ。

まだ膨大な資産があれば、なんとかなるけれど、アンドルース伯爵家には、それもなかった。

いや、お金は尽きかけている。

このままだと、数年のうちには屋敷と領地を手放さなければならなくなる。

傾き始めた伯爵家を立て直すには、長女であるテレーゼが良縁に恵まれ、援助をしてもらうしかない。

お金持ちで、家柄のよい紳士に見初《みそ》められる——ことが、テレーゼに課せられた試練だった。

自分は持参金もわずかで、気の利いた会話もできないのに……である。

社交界の一般的な考えでは、女性としての器量と強運がなければ、まず望めないであろう状況だった。

無理して綺麗《きれい》に着飾らせてくれたというのに、なかなか結果を持ち帰れず両親には申し訳ない気持ちでいっぱいになる。

「帽子はまだなの？」

テレーゼの髪を結い終え、慎重に頬《ほお》にかかる巻き毛をひと房だけ垂れさせてから、侍女のセレネがコートの点検をしているメイドに訊《たず》ねる。

自分が怒られているわけでもないのに、テレーゼは胃がきゅっとなった。

——帽子なんて、前と同じでもわからないのに。会場に着いたら脱ぐからコートも帽子もなんでもいいわ。

そう口にしてしまったら、全部が無駄になり、多くの失望と叱声《しっせい》が飛び交うことはわかっているから、口を噤《つぐ》む。

桃色のドレスに合わせて生地を張り直している帽子は、七輪の桃色の薔薇飾りで、今夜ぎりぎりに届く予定だった。

「帽子、届きました……！」

早足で箱を抱えたメイドが室内へ入ってくる。テレーゼはほっと胸を撫《な》で下ろした。

けれど――。

「あっ！」

箱の蓋《ふた》を開けたメイドが叫び、続いてセレネが悲鳴に似た声をあげる。

「……飾りが違うわ！　薔薇飾りのはずなのに、羽根になっている。どういうこと！」

すぐに「帽子屋は？」「注文表は？」といった侍女たちの言葉が飛び交い、別室で同様に忙しく着替えをしているロミルダを呼びに行こうとする。

かなりの大事《おおごと》になりそうな予感がした。

今回のことで、ロミルダには迷惑ばかりかけている。これ以上、細かなことで叔母を煩わせたくなかった。

「ま、待って……！」

テレーゼはたまらず声をあげた。

「その帽子で、いいわ……注文表に書いていないのだし、帽子屋さんの手違いかもしれないけれど、色は桃色で合っているんだもの。叔母様も〝もっと派手にならないの？〟って、いつも私に言っていたから。時間も……ないのだし」

同じ色の帽子を頼んだ誰かと間違われたしまったのだと思ったけれど、誰の手も煩わせたくない。事を荒立てたくはなかった。

「けれど……困ります。奥様が気づかれたら怒られるのはわたしたちです。それに帽子屋へのご対応はどうなさるのです？」

抗議の声をあげるセレネへ、テレーゼは精一杯の威厳を保って笑いかけた。

他人の家の使用人を納得させるのは骨が折れるけれど、それが今は一番穏便に済むはずだと思う。だから、テレーゼは侍女への説得の言葉を探した。

「問題ないわ。もし、何か言われたら叔母様には私が気に入って許したと言って。帽子屋さんには……明日、私から交換してもらうように言うから。誰の落ち度でもないということにしましょう。舞踏会に遅れたら、そここそ元も子もないもの」

舞踏会に遅れたら……その言葉が決定打となり、セレネもメイドたちもテレーゼの言葉をもっともだと思ってくれたようだ。

慌《あわ》ただしかった部屋の雰囲気が、弾《ひ》き終えた楽団のように落ち着いていく。

「わかりました――では、結った髪に挿《さ》すのは薔薇ではなく羽根にしましょう。ちょうど、小ぶりの羽根の飾りが二本、あります」

小さめの髪飾りを、セレネが髪へ二本挿していく。白い羽根を右半分だけ金粉で染められ、小粒のビジューがついている可愛《かわい》らしいものだった。

帽子を取っても髪飾りの羽根があって、これで統一感は取れたことになる。

あとは、叔母が注文の細かな内容を忘れていればいいのだけど……。

もし覚えていても、おしゃべり好きのロミルダは、会場へ入ってしまえば、どうでもよくなってしまうだろう。

そして、帽子が違っても違わなくても、帰りの馬車では相手を捕まえられなかったテレーゼにお説教をする。

不甲斐《ふがい》ないテレーゼのせいで、ロミルダはとても忙しいから……。


幸い、ロミルダは帽子の違いを気にも留めなかった。

けれど、彼女のお説教は帰り道ではなく――。

「ダンスカードが白紙なんて、ありえないわ。今まで、何をしていたの？」

鮮やかな群青《ぐんじよう》のドレスを着て、茶色の瞳を少し吊《つ》りあげながら、ロミルダがテレーゼに歩み寄ってくる。

赤い巻き毛を垂らした髪に巻いた銀のスカーフが、会場の灯りでキラキラと輝いていた。

「でも……」

二人で名前を呼ばれて舞踏室へ入ってから、まだ少ししか時間が経《た》っていない。ロミルダが飲み物を取りに行った間の時間だけ……にもかかわらず、テレーゼにダンスの予約が入っていないとわかると叔母は呆《あき》れた声をあげた。

「……ごめんなさい、叔母様」

テレーゼは俯《うつむ》きながら謝った。

申し訳ない気持ちがどんどん膨らんでいく。今日まで叔母には色々と迷惑をかけてしまっている。だから、早く相手を見つけなくてはいけない。

それでも、ダンスカードは今日も白紙かもしれない。

「ほら、下を向かない。殿方に声をかけてもらえるように胸を張って。なるべく熱っぽく誘うように周りを見るの。でも目が合ったらつれない表情をするのよ」

「は、はい。わかりました」

頷いたけれど、ロミルダの言ったことは難しく、とても実践できるとは思えない。

「ふぅ……そうは言っても、あなたにそんなことができないのはわかっていますけど」

ロミルダが深いため息をつく。その息遣いも自分を責めているようで、余計テレーゼは表情を固くした。

今日は一段と叔母の機嫌が悪そうだ。でも、それも自分のせいだと思った。

短い時間でも、同じように壁際に立ったり座ったりしている令嬢には声がかかっているのも見た。自分にはきっと他の令嬢より魅力が足りない。

容姿か、佇《たたず》まいか、気品か、あるいはそれらすべて……。

――気が遠くなりそう……。

また今夜も一人きりで、惨《みじ》めに壁の花として過ごすより他ないのだろうか。

「はぁ……」

テレーゼは隣に立つ叔母に気づかれないよう、そっと息を吐いて顔をあげた。

そこには暴力的なまでに眩《まぶ》しい巨大なシャンデリアが吊り下げられ、緻密《ちみつ》で壮大な天井絵が描かれている。

舞踏会の会場となった公爵所有の屋敷の大広間は、とにかく荘厳で、華々しかった。

天井までの高さは普通の屋敷での三階に相当していて、大階段から入れる二階部分には壁にぐるりとつけられた回廊があり、そこにもすでに数人がいて談笑している。

壁には蠟燭《ろうそく》の光を反射してより明るくするための、背の高い鏡がずらりと貼《は》り並べられていた。それら鏡だけでも公爵家の財力が桁外《けたはず》れなのがわかる。

この舞踏会は、テレーゼが想像していたよりもずっと豪勢で、大規模なものだったようだ。

会場にいる人々の装いも多種多様で、一般的な流行のドレスだけでなく、民族衣装のようなものを身に着けている者までいた。

「テレーゼ、間違って爵位のない成りあがりと話しては駄目よ。踊る時はわたくしの許可を取ってからね。近くにいますから」

「……はい、叔母様」

この舞踏会はあらゆる意味で特別。

選ばれた者だけが招待されているが、完全階級の舞踏会でないことはロミルダから何度も口を酸っぱくして聞かされていた。

最後にそれをつけ足すと、テレーゼに何も言わずロミルダは見知った夫人を見つけ、そちらへ行ってしまう。

彼女は談笑しながら、ダンスフロアの続き部屋へと流れていってしまった。

近くにいると言いながらも、叔母は離れていく。

もうテレーゼは期待されていないのだ。去り際に残した叔母の言葉は、誰からも誘われないことを揶揄《やゆ》していた。

一人立った姿を嘲笑《あざわら》うように、弦楽器の音が聞こえ、ダンスが始まる。

カドリールにワルツ、覚えられるだけ身体に叩《たた》き込んだのに……無駄になりそうだった。

テレーゼはせめて暗い顔を見せないようにと、口元だけ笑みを作ると、そのまま壁に溶け込むようにして考え込む。

せっかく招待されたのだから、暗い顔ではラロヴィング公爵家に失礼だから。

——悲しくて空《むな》しいのに笑うなんて……。

三度目の舞踏会からそうだった。

壁の花で、ただぼーっとしていると、目の前で夜な夜な繰り広げられる華々しいロマンスが自分には無縁に思えてくる。

そして、つい自分の不甲斐なさを反省してしまう。

我がアンドルース侯爵家の未来。

叔母のベルコーレ夫人、テレーゼの社交界デビューのためにかかった手間とお金になんとしても応《こた》えなくてはならない。

持参金のなさは嘆いていても仕方がない。

デビューの年が二十歳なのも、お金の工面とロミルダの協力を取りつけられたのがこの年なのだからやむを得ない。だからこそ、装いはベルコーレ夫人と侍女のセレネが気後《きおく》れしないよう立派にしてくれている。

と、なれば……問題はテレーゼ自身なのだ。

ひきつった笑みは、きっと話しても楽しくないと値踏みされてしまっているのだろう。

痩《や》せた身体も、眩《まばゆ》い金髪でない淡い桃色かがった髪も、連れて歩くには不似合いだと思われているかもしれない。

通り過ぎる貴族の男性に熱っぽい視線を送る——ことは、まだ、できない。

じっと見つめていた男の人と目が合い、つい声をあげてしまうようなことをすれば、女のほうから誘ったマナー違反だと悪い噂《うわさ》が立ってしまう。

そうなったら、ダンスカードは永遠に空白のまま。

それだけは絶対に避けなければならない。

この貴族の社交におけるマナーについては、習うのが大変だったけれど、叔母に言わせれば取り繕うだけの形にはなんとかなった——とされている。

テレーゼは同じ年頃の子供が少ない田舎《いなか》で、おおらかに育ってきた。

お金がないなりに、家庭教師は自然の中で幅広くあれこれ学ばせてくれる先生だったし、礼儀も教えてくれていた。

使用人は皆優しくて、庭師のおじいさんとは友人のような仲だったし、乳母《うば》とはまだ文通を続けている。

もう、アンドルース家の屋敷に戻っても、彼ら彼女たちはいない。給金が出せずに両親が泣く泣く暇を出したからだ。

テレーゼがもし、素晴らしい結婚相手を見つけたのならば、大好きな使用人たちを全員呼び戻すことができるかもしれない。

——素晴らしい結婚相手。

その言葉が、テレーゼは未《いま》だピンとこなかった。

家族や使用人のように、心許せる存在になる伴侶《はんりょ》なんて、簡単に見つけ出せるものなのだろうか。

ましてや、テレーゼが与えることができるものは、ほとんどない。

どう考えても、貴族の男の人は損をするだけだと思う。

身を焦がすほどの好きな気持ちが生まれれば、どんな苦境も乗りきれることもあると母や叔母、使用人から聞く。

そんなものが貴族の結婚に、本当にあるのだろうか。

テレーゼは家族以上に好きなものはなく、誰かを好きになったこともなかったのでピンとこない。

――まずは慣れる、ことなのかしら……？　知らない他人大勢とかかわる冒険に？

テレーゼは、首をそっと傾《かし》げる。

他の皆はどうかと知りたかったけれど、年頃の近い友人はいなかった。

ならば友人を……と、他の令嬢に声をかけようとしたこともあったけれど「話しかけないで」と横顔に書いてある気がして、まだできていない。

こんなに手さぐりなことはない。

勇気も自信も持てない。

森の中で迷子ならば、印を残して歩きだせるし、太陽や月の位置、風の流れ、水の匂《にお》いを手がかりにできる。

けれど、舞踏会――社交の場では、何を手がかりにしていいかわからなくて……。

――私がおかしいの？　どうしたらいいの？

巡り巡った思考は、いつもそこへたどり着いてしまう。

「座ったらどうだ？　羽根の淑女《レディ》」

男の人に自分が話しかけられていると気づくまで、テレーゼはたっぷり時間を要した。

しかも一度に、二人の男性から。

「僕に椅子《いす》までエスコートさせてください。羽根の淑女」

「え……………私？」

目を疑うほどに眩い存在が二人、テレーゼの前に立っていた。

勧められるままに、近くの一人がけの椅子へと座る。

テレーゼは鼓動が高鳴り、緊張するのを抑えきれなかった。用意されたパートナーではない男性から声をかけられたのは初めてだったのだから。

真紅の天鵞絨《ビロード》の椅子が、やけに柔らかく感じて、ふわふわと落ち着かない。

――羽根の淑女……なんて呼ばれてしまった……帽子を間違ったことは、正解かもしれない。

壁の花の自分に話しかけてくれた彼らは、とても優しそうだった。

他の男たちのように値踏みするような冷たい視線ではなく、その意志の強そうな瞳には好奇心が満ちていた。テレーゼと話したがっているようにすら感じる。

先に話しかけてきた男をテレーゼはそっと見た。

艶《つや》やかな夜会用のタキシードは、燕尾服が多い招待客の中では新鮮に見える。

漆黒のタイがよく似合っていた。悪い印象ではなく、引き締まった筋肉質の身体には野心が漲《みなぎ》っているようにも見える。

鳶色《とびいろ》の瞳、金の髪は少しだけ固められているが、撫でつけてはいない。

襟足に少しだけかかった毛先も同様で、喩《たと》えるのなら、森の王者であるライオン——金の尾に感じた。

目が合うと、彼はテレーゼの視線を笑みで受け止めてくれる。

それだけで体温があがり、ドキドキと心臓がうるさく鳴った。

——どうしよう、話しかけられただけなのに……彼は……誰？

萎縮しながら、テレーゼはもう一人の男を見た。

優美な燕尾服を華麗に着こなし、細身で背が高い。

サラサラの前髪は、不作法に下ろしていたけれど、丁寧に梳《と》かされていた。

銀灰《アッシュ》の猫毛は角度によって、少し色を変える。その下から色っぽい緑色の双眸《そうぼう》がテレーゼを見つめ返してきて、呼吸が止まりそうだった。

——彼も誰……？　知らない、紳士録も全部頭から消えて……真っ白に、なる。

対照的な美しい二人の男に囲まれ、テレーゼは息も絶え絶えになってしまう。

反射的に椅子の背を掴《つか》む。

――こんな時、どうすればいいの？

藁《わら》にもすがる気持ちで記憶を手繰《たぐ》り寄せる。

どう習った？　二人に話しかけられた時は？　まずお相手の身分が高いほうから……。

「あっ……」

――おかしい……かもしれない。彼らは自分から名乗っていない。

あまりに堂々としているから呑《の》まれてしまったけれど、マナーでは話しかけた殿方から名乗るものだ。

だとしたら、女から訊ねることは悪くない。

彼らは名乗り忘れたのだから。

「あの……不勉強でごめんなさい、どなたでしょう？　お名前をお聞かせ願えませんか？」

テレーゼは緊張しながらも、一言一句、はっきりと口に出した。

「名前がいるのか……ああ、そうだな」

一瞬だけ驚いた顔をした金髪の男が、ニヤリと笑みを深くして「一興だな」と頷く。

「俺はガイ・ブロウディ、伯爵家の次男で貿易会社を経営している。働く貴族が嫌なら、後ろの部分は記憶から消してくれ」

「とんでもありません。立派なことだと思います。こんばんは、ブロウディ様」

立派はテレーゼの本心だった。

田舎では父も母も働いているのに、社交界の誰もが働くことを忌み嫌う。それがテレーゼには不思議で仕方なく、いつまでも理解できなかった。

「ガイでいい。家名を呼ばれるのには慣れていない」

「ガイ……ですか、は、はい……」

名前を気安く呼んでいいものかわからない。年も彼のほうが上に思う。

テレーゼが戸惑っているると椅子の背を握っていた片方の手を、もう一人の男に優しく解《と》かれ、握られた。

「こんばんは、僕はステファン・ランカスター。子爵さ。家族はいない、十九歳で爵位を継いでいる。ステファンと呼んでくれると嬉《うれ》しいんだけど？」

「は、はい……ステファン……」

さらりと彼が家族はいないと言ったことに、テレーゼは同情を覚えた。

二十歳の自分より年が下なのに、彼はきっともっと多くの苦労をしてきたことだろう。舞踏会で一人きりだという悩みなど打ち明けたら、一蹴《いっしゅう》されてしまいそうだ。

「私はテレーゼ・アンドルースです。伯爵家の……」

どう続けてたらいいのかわからず、テレーゼは言葉を途中でうやむやに呑み込んだ。

彼らが名前に軽い自己紹介をつけ加えたので、つい自分も口にしそうになったのだ。

持参金が少なくて、没落気味で、いつも舞踏会の壁の花と。

それは言ってはならない気がする。

でも、彼らは貴族だから会話する分には叔母に怒られないだろう。逆に褒められるかもしれない。最近、自分をダンスに誘ってくれる人どころか、話しかけてくれる人もいなかったのだから。

「テレーゼ？　君まで名乗るの？　ふふ、一夜限りでも律儀なものだね」

ステファンはテレーゼが名乗ったことに驚いた様子だった。

「一夜……ですか……確かに律儀すぎるかもしれませんね」

――彼も舞踏会や社交のおかしさを嘆いているの？

舞踏会なんて、所詮《しょせん》は一夜ごとに繰り広げられるうわべだけの夢うつつ。名乗るなんて、仰々しすぎる――そう皮肉を込めたものだと彼女は受け取った。

口には出せずとも、テレーゼも似たような考えを持っていたからだ。

この舞踏会を除けば、参加者は一年を通してあまり代わり映えはしない。未来の伴侶を見つけるといっても結局は持参金と家柄と、両親や親戚《しんせき》の根回しでほぼ決まってしまう。

社交界に意味があるのだろうかと。

だから、ステファンの言葉になんの違和感も抱かずに、テレーゼは相づちを打った。

するると、なぜか男二人が同時に微笑む。

「テレーゼ、踊るか？」

がっしりとした肩からつながる腕を広げて、ガイが当然のように誘ってくる。

はい、と口に出しそうになって、テレーゼはロミルダの姿を探した。

許可がなければ、踊ることは許されない。

「ご、ごめんなさい……叔母の許可が、いるの……」

「では待つ間、軽食はいかが？　僕が君の望むものを選んであげる」

今度はステファンが人懐っこい笑みを向けてくる。

「……っ！　食べられません……胸がいっぱいで……」

本当に胸が苦しくて、一口でも食べ物が喉《のど》を通るとは思えない。

こんなに嬉しいことはないのに、愛想よく振る舞えない自分がもどかしかった。

「ダンスも食事も断るとは、本物のようだ。合言葉の通りだな」

「合言葉……？」

困ったような顔のガイと目が合う。何やら彼は、動揺しているみたいだ。

どうして？　何か不作法をした？

「テレーゼ、羽根がとても似合っているよ。それは君の決意の現れで、違いない？」

耳元で、ステファンが囁《ささや》いてくる。

髪に留めた羽根飾りを褒めてくれてたようだ。ガイも自分のことを最初に羽根の淑女と呼んでくれていたし、これは自分にとって幸運の証《あかし》なのかも。

侍女や帽子屋をかばって、本当によかった。

「はい……少し勇気が必要でしたけど……このほうが誰にも迷惑をかけませんし」

誇らしい笑みが零《こぼ》れる。

あれ？　どうして彼らは帽子が違っていて髪留めを変えたのを知っているのだろう。

疑問が浮かんだけれど、結論を出す前に男たちが急に動き始めた。

「では、行こう」

ガイが、テレーゼの背に触れて立たせてくる。

突然のことに、わけがわからなかった。叔母が来るまではとすべてを断ったはずなのに。

「ま、待ってください！　私……許可がないと踊れません」

「わかっている。もう取り繕わなくてもいい、早く来い」

背中が頼もしくて温かい。

逞《たくま》しい五指に腰を支えられ、勝手にテレーゼの身体は歩きだしてしまう。

「図書室の鍵《かぎ》を預かっているから」

早口でステファンが言う。

彼は、歩きだすテレーゼの姿をダンスフロアから隠すように横へ立っていた。

「と、図書室……？　私……ここを離れるわけには……男の人と密室なんて……」

おおげさな言い方になってしまったことに耳を赤くしながらも、テレーゼは淑女のルールを守った。

異性と二人きりになってはいけない。これだけは――――！

「ははっ、今さら何を言う？」

「僕たちは二人いるから、互いに監視し合っているのさ。三人だ。二人きりではないよ」

ガイが低く笑い、ステファンが歌うように宥《なだ》めてくる。

――――どうして？　ダンスも軽食も断ったのに？

三人で監視し合っているからいいの？　そんなわけ――――。

足がもつれて転びそうになったところを、ガイに立った姿勢のまま腰を抱きあげられる。

足が少しだけ浮いたまま、どんどん舞踏室から離れていく。

ドレスの裾《すそ》が擦《こす》れる音と二つの靴音だけが響いた。

ステファンが周囲を気にしてから、回廊を進んだ図書室らしい扉の鍵を開けていく。

そのガチャリとした音と、回廊の冷たさにテレーゼは身震いした。

図書室は、控えめな燭台《しょくだい》の灯りで琥珀色の空気をまとっていた。

天井まで届く大きな棚が四方を囲い、そこには本が所狭しとぎっしり詰め込まれている。

入っただけで古い本の匂いが三人を包んだ。

ラロヴィング公爵はあまり書物に興味がないようだ。蔵書数は多いものの、並べ方は乱雑で規則性がなかったし、絵画や骨董品《こっとうひん》が統一感なく一緒くたに置かれていた。

ここを利用するのは時折訪れる来客だけなのだろう。頻繁に本が読まれているようには思えない。それでも埃《ほこり》が積もるようなことはなく、部屋の空気も淀《よど》んでいないのは、さすが公爵家の屋敷だった。

不透明な硝子《ガラス》のカバーがかけられたシンプルな燭台は、煤《すす》が飛ばないように、そして書物に火が燃え移らないように、本棚からは少し離れた真ん中のテーブルに置かれ、優しい灯りが部屋全体へと広がっている。

放射状に広がる灯りと同じように、赤いベロアの長椅子と揃《そろ》いのクッションが二組、執務用の赤い木製の机と椅子が一組、そして、革張りの豪華な椅子が二脚、配置されていた。

「…………！」

部屋の雰囲気に見入っていたテレーゼは、今の自分の危機的な状況を思い出した。

舞踏会の最中に、公爵家の図書室に忍び込むような物好きは当然いなくて、部屋の中にいるのはステファンとガイ、そしてテレーゼだけ。

「座って。楽にしていいよ、もう心配いらない」

内鍵を閉めながらステファンがテレーゼへ優しく声をかけてくる。

——もう心配いらない？　どうして鍵を閉めるの？

意味がわからなかった。この状況《じ》は自分の身を心配することしかない。

「靴を脱ぐといい。いつまで俺を焦らすんだっ……」

「きゃっ⁉」

テレーゼは、ガイに赤いベロアの長椅子へ簡単に押し倒されてしまった。軽々と靴をもぎ取られて、靴下だけになった足がはしたなくクッションに乗る。

「な、何をするんです！　大声を出しますから……っ」

明らかに舞踏会の語らいとは異なる男たちの様子に、テレーゼは困惑の声をあげた。

その唇を、扉に鍵をかけて戻ってきたステファンが指でふさぐ。

「しっ……怖い思いも、痛い思いもさせないよ。君が望むままの快楽を僕はあげたいんだ」

——私が望む……？　快楽……？

いけない響きがして頭の中は警鐘が鳴りっぱなしなのに、優美な緑の瞳に見つめられるとつい息を呑んでしまう。

「俺も無理強いはしない。だが、もうお前に対して紳士的に接する自信がない。簡単に手折《たお》られ、散らされてしまいそうな花の姿が本物か？　それとも狡猾《こうかつ》な悪魔か？　身体に聞いてやりたい。触れずにいられるか！」

隣にどっかりと座ったガイに肩を抱かれる。指先から熱が伝わってきた。

「とても綺麗な足だね」

一方のステファンも、テレーゼの足へと屈み込み、クッションの上にある絹の薄い靴下で覆われた足首へ指を這《は》わせていく。

「んっ……っ……」

あげようとした悲鳴は、ぞくぞくして漏らした声に負けてしまう。

彼らがテレーゼを求めていることだけはわかった。

そのギラギラした欲望は、いくらデビュー間もなく、異性と色恋に疎い彼女とはいえ肌で感じずにはいられなかった。

危機感よりも、申し訳なさが胸に広がる。

求められても返せるものなどない。結婚と同じく……。

「わ、私なんかに……かまわなくてもいいんです……どなたか別の方へ、その情熱を向けてください……」

「なぜ？　君はこんなに魅力的なのに？　僕を焦らしてからかっているの？　それが僕たちを興奮させる君のやり方？」

ステファンが靴下の上から足首にキスをして、それが膝《ひざ》まで滑らかにあがってくる。

「つ……あっ……」

「感じやすい身体だな。快楽を求めるのはいいことだ。それに少なくともお前の見た目や振る舞いは美しい。内側に棲《す》まうものは知らないがな。俺はもうすっかり虜《とりこ》だ」

――私の虜？　そんなことは……。

首筋へとガイが噛《か》みつくようなキスを落としてくる。

熱い……ぞくぞくする。烙印《らくいん》を押されたみたいに身体がビクンと反応する。彼の唇の熱に吐息が零れてしまう。

そのままねっとりと首を舐《な》められ、一瞬離れた唇がテレーゼの口をふさぐ。

「んっ――――」

「あ……むっ……なっ……んんっ」

唇が触れ合っている。

――キス……されてる……。

これが――キス？　熱くて、苦しくて……くらくらする……。

「なっ……あ、ふ……」

喘《あえ》ぐように頭を振ると、ガイの手によって髪のピンが抜かれて、桃金色のふさが解《ほど》けて肩へ落ちた。

「怯《おび》えてみせるのも演技の一つか？　さすがだな、お前に溺れていきそうだ」

「溺れ……る、なんて……う、そ……っぁ……だわ……」

キスから解放されてテレーゼは吐息を漏らした。

「嘘《うそ》なものか、お前がダンスフロアに入ってきてから、ずっと見ていた。美しい髪だ。ずっとこうしたかった」

「だ、だったら……壁の花だったことも、知っているはず……です、私は……誰からも誘われな……あっ」

抗議の声は、かりっとつま先を噛まれる甘い痛みで喘ぎに変わった。

見ると、ステファンがいやらしい手つきで足を撫でながら靴下を脱がしにかかっている。

「君はあまりに儚《はかな》そうで、触れたら壊れてしまいそうに見えるんだよ、テレーゼ。だから、男たちは声をかけることができない。〝退屈そうですね〟〝嬉しそうですね〟、誘いの言葉すらどれを出していいかわからないんだ」

――そんなつもりなどまったくなかったのに。舞踏会の壁に立ち、怯えていただけ。

「意味が……わかりませ……んっ、あっ……下ろしては駄目……っ、っぁ……」

足が涼しくなり、素足《すあし》になってしまうと、ステファンが左足の親指へ口づけてくる。

「僕は君の中身を知っていたから、ますます惚《ほ》れたけれど。声をかけられたければ、次からもっと隙《すき》を作ることだね。ああ、今夜のことをうっとり思い出してくれてもいい。きっと男がゾクゾクする表情が作れるはずだよ」

「俺は反対だ。また、サロンへ手紙を書くといい。お前が欲しいと言えば、どれだけでも俺が抱いてやる」

「サロン……？」

テレーゼは聞き慣れない言葉に、ガイを見た。

目が合い、彼が瞳を逸《そ》らす。

「その琥珀の瞳も反則だろ。そんなふうにじっと見つめられると、我慢できなくなる。こうじわじわと感情を呼び起こされ、お前を従わせたく、なる」

ほつれた髪から、ガイが羽根飾りを引き抜いた。半分だけ金粉が塗られた小ぶりの羽根を指先で弄《もてあそ》び、思いついたようにテレーゼの首へ這わせてくる。

「ん、あっ……なに……を……ああっ！」

扇情的な刺激に、テレーゼは身体を震わせた。

すると、一緒に抜けて長椅子に落ちた二本目の羽根をステファンが拾いあげ、今度は彼がくすくす笑いながら、テレーゼのふくらはぎを撫でていく。

「羽根の愛撫《あいぶ》か、面白いね」

「ああっ……っ、んんっ……」

悪戯《いたずら》するように羽根で撫でる行為は、とても卑猥《ひわい》な遊戯のようで、テレーゼの快感を呼び覚ました。

二人の男はその反応に食いつき、テレーゼの身体に羽根を滑らせた。

少し触れているだけなのに、過剰に身体が反応してしまう。

見知らぬ男、しかも二人の男性に密室で愛撫されている。

資産を持った貴族との結婚を望むテレーゼからしたら、それは将来の破滅を決める出来事であって、今すぐ、誰にも見られないように逃げ出すべきこと。

でも、彼女は動けなかった。

二人の羽根の愛撫は、テレーゼの身体から力を容易《たやす》く奪うかのようで、甘い痺《しび》れを与えてくる。加えて、肩を摑むガイの腕は逞しく、抵抗を許さなかった。

――どうして？　なの……これは何？

まだ男女の情事を知らないテレーゼの心はひどく混乱していた。

こみあげてくる、この気持ちは何？

甘い痺れは一体どこから来るの？

部屋を満たすこの妖《あや》しく甘い雰囲気は？

自分の身体がどうしてしまったのかわからない。逃げ出すべき状況だとわかっていながら、身を任せてしまいたい気持ちにもなる。

「本当の君を見せてよ。僕らはそれが知りたくてたまらないんだ。君の仮面を剝ぎたい。つまりは興味津々《しんしん》なのさ」

ふくらはぎから、段々とせりあがってくる気持ちのようにステファンの腕がドレスの中に伸びる。

駄目……っ、と気づいた時にはもうパニエが彼の手によって脱がされていた。ドレスの下にはコルセット以外何もつけておらず、図書室のひんやりとした空気が普段こんなところでは露《あら》わになることのない肌に触れる。

それでテレーゼは自分の肌が火照《ほて》っているのに気づいた。

舞踏会の熱に当てられたわけではなく、自分の身体は熱を持ち始めている。

「白い肌だね。羽根がよく似合うよ。僕の堕天使」

当然のようにステファンの手は、脱がして何もなくなった足を上ってくる。

羽根が今度はテレーゼの太腿《ふともも》を撫で始めた。

「あっ……やめ……てっ……ん、んっ……！」

声は拒絶を表したけれど、身体は伴っていない。男たちはそれを言葉通りには受け取ってくれなかった。

「まだお前はそんな嘘を言うのか？　後見人にも言われただろう。男を誘う時は熱っぽく。寄ってきたらつれなく。そして、二人きりになれば淑女の顔を捨てて情熱的にしろと」

「んっ……ん――――」

――――二人きりになったら……までは、聞いていたわ……。

ガイがテレーゼの唇を再び奪う。

今度は唇を強く押しつけてきた。包み込み、まるで自分の熱で焼くような、そんな激しいキス。

「────ふぅ……。だがゾクゾクするな。んっ……お前のその顔、演技とは思えない仮面の中に、男を求める淫らな欲望が隠れていると思うと」

────欲望？　私のこの奥から来る気持ちは欲望なの？

自分でもわからない。

「さあ、見せてみろ。俺に、お前の罪深い快楽への欲求を」

淫らな言葉を口にしながら、ガイがまたテレーゼに唇を重ねた。今度は押しつけるだけでなく、何かが入ってくる。

「ん────!?」

それが彼の舌だと気づくのに初《うぶ》なテレーゼは時間がかかった。

すぐに唇をぎゅっと閉じようとするけれど、彼の腕同様にそれは力強く……こじ開けられていく。

「ん、あ……んんん……んぅ……はあ……」

抵抗したけれど、ガイの舌はテレーゼの中へと入ってきた。

口の中をまさぐられ、すぐに舌を搦《から》め捕《と》られて愛撫される。

「んんん、んんっ、ん────」

────こんな、キス……。

深い、淫らな口づけにすぐ意志は奪われた。

頭の中までガイの熱が押し寄せ、理性を蕩けさせていく。

あとはなすがままに受け止めることしかできない。

「――――はぁ。お前は確かにそそる。こんなに俺を興奮させた女はお前が初めてだ。見た目は清く、味は甘く、中身は淫らな女。さあ、すべてを俺に見せろ。もっと心のままに俺の前で乱れてみろ」

キスをされ、自分の心の中までさらけ出されているかのようだった。

徐々に間違ったことをしているという考えが、消えていってしまう。力がなくなる。

その隙をつくようにして、顔を離したガイの手がテレーゼのドレスの肩を強く摑んだ。パニエと同様に胸元まで下着ごとあっという間に引き下ろされてしまう。

「あっ……いやっ……」

コルセットのところでドレスは止まったけれど、胸が零れるように見えてしまっていた。

すぐにガイの手がそれを覆う。

「あ、あっ……」

テレーゼは、小さく、短く吐息を響かせ、身体を震わせた。

生まれて初めて、男の人に胸を触られた感触がそうさせる。ガイの大きな手が片方の胸を包み、揺するようにして優しく、でも荒々しく揉《も》んでいた。

彼のチョコレートのような黒みを帯びた茶色の瞳が、はっきりと自分の露わになった乳房を見ている。しかも熱い求めるような欲望を帯びた淫らな視線で。

そんな男の興奮した表情や瞳を向けられたことはもちろんなく、見たこともなかった。

「は、あぁ……やっ……んっ！」

乳房に突き刺さるような視線を感じながら、胸を揉まれる。

執拗《しつよう》に、でもリズミカルに、何かを誘い出すように、彼の手は動く。五本の指は、まるで別の生き物のようにバラバラに動き、テレーゼの乳房を刺激した。

「なんて美しく、吸いつく肌だ。こんな柔肌をしているというのに底知れぬ欲望を抱いていると思うと……我慢できなくなる」

ガイが視線だけでなく、熱い吐息《たけだけ》も胸に吹きかけてくる。

その仕草は、獣のようで猛々しい。

乳房が刺激され続け、身体がパニエを脱がされた時よりもずっと火照っていく。

「それとも君はやっぱり快楽の追求者じゃなくて、まだ知らない恋や愛を知ろうとするあまり、道を誤った世間知らずな子羊？」

ドレスの中に手を入れ、太腿の愛撫を続けていたステファンが、テレーゼから見えるように顔をあげた。

そして、ゆっくりと近づいてくる。

「僕にも君の甘い唇を吸わせて。一人だけなんて不公平、許さないよ」

「あっ……んっ……！」

乳房に気を取られているガイを押しのけ、今度はステファンに唇を奪われてしまう。

彼のキスはとても刺激的だった。

ガイのように熱い唇を押しつけたり、噛みついたりするようなものとは正反対。甘く、執拗にテレーゼの心を溶かそうとした。

下唇にキスされたかと思うと、今度は滑らせながら顎へ、頬へ、上唇へ、また下唇へ。

動きながら色々な場所にキスされた。

「んっ……あ、ふ…………んっっ」

それは時々、唇で挟むようにして優しく甘噛みしてくる。

変化するキスの刺激にテレーゼは、身体を躍らすしかなかった。身構えることができない。

そして、ステファンのキスで頭がいっぱいになっていく。

「うーん、たしかに君の味は甘いね。ここだけじゃ、わからないけど」

「……？　あっ……あっ！」

テレーゼの言葉の意味を疑問に思ったけれど、それ以上考えさせてはくれなかった。

舌で淫らに唇を刺激される。

驚いて開いた口に、彼の舌がひゅっと入ってきた。

ガイ同様に口の中を侵されてしまう。

違ったのは、テレーゼの舌を何度も何度もつついてきたことだ。それは何かの求愛行動にも思えてくる。

「さあ、こっちに出してみて」

ステファンの言葉にテレーゼは従ってしまう。

それだけの魔法のような甘美さを、彼のキスは持っていた。舌が舌を誘うように触れ、外へと連れ出す。

「あっ……ああっ！」

やわやわと口の外に出した自分の舌に、ステファンの舌が絡まっていく姿が、テレーゼの視界に映った。

赤いものと赤いものが蠢《うごめ》き、絡まる。

「は……む……んんっ……ふぁ……ちゅ……はぁっ……あ――ああ……」

それは思わず声をあげてしまうほどに淫らな光景で、テレーゼは驚き、身体を震わせた。

「ほんとうに君はキスも知らないみたいだ。相当な演技力だね。貴族令嬢だなんて身分、嘘だろ？　君は舞台女優？　それとも淫らな魔性を秘めた女？　僕にとってはどちらでもいいんだけどね。楽しめるんだし」

彼ら二人は、執拗なまでにテレーゼを甘く、淫靡《いんび》な言葉で褒めた。

そして、愛撫の手を止めない。

「お前はどこを愛撫して欲しい？　どうやって愛撫して欲しい？　望んだのだろう？　俺に狂おしく乱されるのを」

今度はガイの手があの羽根飾りを手に持ち、柔らかな部分を揉まれてうっすらと赤くなった乳房に向けるのが見えた。

「あっ……違う……の、ああっ！」

与えられた刺激に邪魔され、それしか口にできない。

彼らが何かを勘違いして、自分にこんなことをしているということだけに気づく。

でも、それはあまりに遅すぎた。

何かを言おうとするたびに愛撫され、声をあげられない。二人の淫らな動きは、テレーゼに余裕などといったものを一切与えてはくれなかった。

奪うのは唇と思考、与えるのは委《ゆだ》ねてはいけないと感じる甘美な痺れ。

「淑女のフリをするのはもうやめろ。心配する必要はない。俺は決してこのことを誰にも漏らさない。そう約束する。だから、すべてをさらけ出したお前を抱かせろ」

——すべてを……さらけ出した……私？

彼の言葉に真っ白く塗られていた心が引きずられる。

自分にはなんの価値もない。

伯爵令嬢でありながら、ダンスを踊ってくれる相手はいない。

伴侶を見つけて、アンドルース家を立て直すことも叶《かな》わない。

何もない。何も自分にはできない。

浮かぶのは社交界で壁に立つ自分の姿だけ。

「あ、あ……ああっ！」

自分の中の奥深くに眠る心を開いたら、それと入れ替わるようにしてテレーゼの中に快感が流れ込んできた。

ドクンと胸が鳴り、身体が大きく跳ねる。

うっすらとテレーゼの視界の端に映ったのは、二人の男が自分の淫らで敏感なところを愛撫する姿だった。

ガイが手に持った羽根飾りで胸の赤い蕾《つぼみ》を弄んでいた。

愛撫でいつの間にか硬くなった先端を、官能的に羽根で上下に嬲《なぶ》る。そのたびに熱を帯びた敏感な乳首は強い刺激と快感を覚えていた。

しかも、彼の淫らさはそれで終わらない。

もう片方の胸に顔を近づけると、おもむろに口に含んだ。それだけでも卑猥な行為なのに、舌で転がすようにして、乳首を愛撫し始めた。

羽根のそれと同じように押しつけながら、上下に嬲る。

でも感触はまったく別もので、熱くて少しざらっとした舌は、ゾクゾクとさせるような刺激を与えていた。

左右違った愛撫に苛《さいな》まれ、テレーゼの身体はびくびくと淫靡に長椅子の上で震える。

「ひゃっ……あああっ！」

そして、ステファンからの刺激はもっと激しく、全身に響くものだった。

きっと、ガイの言葉に気を取られているうちにされたのだろう。

パニエを剝がされたドレスは下からもまくりあげられ、コルセットの部分を残し、肌を男たちに差し出していた。

その中心部分、もっとも秘めたる場所にステファンの頭がある。

――――何を？

……と思った時には強烈な刺激でテレーゼの腰は震えていた。

「キレイだよ、テレーゼ。それに甘い。さらに敏感になったね。やっと仮面をかぶるのをやめてくれたのかな？　それとも何か君だけの合図があった？」

淫らな秘部にちゅっと口をつけながら、ステファンがテレーゼのほうを見る。

そして、見せつけるように真っ赤な舌を出して、そこを舐めた。

「……あっ！　ひゃぁあっ！」

とても耐えきれない刺激に、テレーゼの口からは淫らな声が漏れ出る。

声にして逃がさないと、意識が飛んでしまいそうだった。

ひと舐めされただけで今までとは段違いの刺激がテレーゼの身体を駆け巡る。それは甘いなどではもうなく、鋭く、痺れるようなものだった。

「だ……め…………あ、あああっ！」

何が起きたのかも、テレーゼは理解できないうちに、軽く達せさせられてしまう。

全身がビクンと大きく震え、身体から力が抜けていく。

「愛撫だけでイってしまうのか？　そんなに敏感だとはな」

ガイがテレーゼの様子を見て、嬉しそうに呟く。

「淫らでいながら、初な身体のままだなんて……すごいや。君ぐらいの美貌と身体ならどんな男でも愛し、喜ばせることができるだろうに……どうして、こんなことをしているんだろうね。興味がますます出てきたよ」

楽しそうに、ステファンが言葉を投げかけてくる。

しかし、テレーゼは二人のどちらへも返事をすることができなかった。

初めての絶頂に頭の中は完全に白か赤か、ともかく塗りたくられ、何も考えられない。息が苦しくて、胸が跳ねるように鳴っていた。

「あ、あぁ……はぁ……」

――――私の身体が……誰かを喜ばせる？

絶頂の甘美な余韻にやっと酔い始められた頃、テレーゼは彼らの言葉を反芻《はんすう》していた。

何もない。伴侶だけでなく、家族も喜ばせることのできない自分だったはず。

本当に？　私は誰かを喜ばせることができるの？

でも、そんな心の声もすぐに再開された二人の愛撫にかき消された。

「あ、あっ！　あ、あぁあっ！」

達したことで敏感さを増した神経は、より鋭く速く震える。

ガイが胸全体を甘噛みし、先端の蕾をコリッと噛む。

ステファンは秘部へのキスを続けていた。

上下から同時に来る刺激に、テレーゼは壊れたように身体を躍らせるしかできない。

「あ、あ、ああっ……あっ！　や、あっ……！」

ステファンの舌は、秘裂から溢《あふ》れ出した愛液を舐め取っていく。

図書館に似つかわしくない、くちゅくちゅという水音が響き始める。

男たちの興奮した息遣いとテレーゼの甘い嬌声《きょうせい》、さらには横になっている長椅子がガタガタと軋《きし》む音。

それだけが、本当は舞踏会で騒がしい屋敷内で、さっきまでは静かだった場所に溢れていた。

意識し始めると、すべてがテレーゼを責めるように快感がせりあがってくる。

——また……ダメッ……これに身を委ねてはダメ……。

一度の経験が本能的にそれを抑え込む。

しかし、音だけでなく、強い男の性の匂いを感じて、身体は敏感さを失ってはくれない。

二人の愛撫に震え、反応してしまう。

恋を知る前に、もっと甘美なものをテレーゼの身体は刻みつけられてしまった。

ガイの手がカタッと羽根飾りを落とし、大きな指先で直接乳首を摘《つ》まむ。

ステファンの舌が膣口《ちつぐち》を執拗に刺激し、徐々に、本当に少しずつ中へと入ってくる。

彼の愛撫は変化を続け、テレーゼの身体を慣れさせてはくれない。少しずつ新しい刺激が襲い、快感が溜まっていく。

「ん、あ、あ……あああっ……あっ……はぁぁ……」

ガイの指先が、ステファンの舌が、次々に与えてくる快感に耐えきれず、テレーゼは自らも男たちと同じように甘く、熱い吐息を漏らした。

——なんて甘美で、恐ろしい、感覚なの？

二人からの愛撫はますます激しさを増していく。

興奮で淫らに硬くなった乳房をガイの指が、痛みと快感の中間の絶妙な力加減で挟み、刺激してくる。

コリッと音がするように押しつぶされた。

下肢を舐めていたステファンの舌は、一度膣口を離れたかと思うと、今度は指で秘裂を撫で始める。

舌よりもずっと硬い感触がテレーゼを襲い、腰が震えた。

それはすぐに舌同様に膣口を擦り始め、徐々に中へ入ることを焦らすように、時折爪の先がカリッと秘部を引っ掻《ひか》く。

「ひゃ、あっ、あっ、あぁぁあっ、あぁぁあ！」

休む暇を与えられず、快感の波に呑まれたテレーゼができることはただ一つ。

二人の男から与えられる甘美な刺激を受け入れることしかなかった。

「んっ、あっ……んんんんっ！　んんぅぅ……」

せりあがってきていた絶頂感を抑え込んでいたから、逆にテレーゼに流れ込んできた絶頂による刺激は最初よりも強いものだった。

身体が大きく淫らに震え、長椅子の足がガタガタとそれを部屋中に伝えていく。

絶頂の痺れはテレーゼの全身に一瞬で回り、力を奪い取っていった。

「は、あ、あぁ……はぁ……」

二人の男に身体を触られながら、テレーゼは手足をだらんと長椅子の上で宙に投げ出した。

もう何も考えられず、ただ荒く甘い嬌声まじりの息を吐き続けるだけ。

花が咲くように、愛蜜の香りがパッと広がり、図書室に漂っていた古い本の匂いに混じり、一つとなっていく。

先ほどいた華やかな舞踏会とは別世界のようだった。

薄暗く、淫靡な匂いと音が満たし、その中心には自分がいる。

まるで自分を客観的に上から眺めているような、奇妙な感覚に陥っていた。

――――これが……快楽？　これが……男女の密事？

テレーゼのその様子を観念したと受け取ったのか、男たちが動きだした。

「もう十分に濡《ぬ》れただろ。そろそろ俺のもので仮面を剥いでやる」

図書館を震わすような興奮したガイの声が聞こえてくる。彼はステファンを押しのけると、テレーゼの腰を引き寄せる。

「あっ……そこを念入りに愛撫して、柔らかくしたのは僕なのに」

「うるさい。俺が先だ」

ステファンの文句をガイが一蹴すると、ベルトを緩める。

茫然とするテレーゼの視界に、彼が取り出したものがちらっとだけ映った。

それは初めて見る、真っ赤に充血し見るからに興奮した肉棒で、恐ろしさがこみあげてくる。先ほどまで彼女を侵していた甘い痺れは吹き飛び、すぐにその恐ろしさに喉を鳴らした。

「……やめて！　お願い！」

なんとか絞り出したテレーゼの声が図書室に響く。

「愛撫だけにしろと？　そんなことで男が満足すると思うのか？」

すでに腰には何も身に着けていないガイが、長椅子に横たわるテレーゼの顔を覗《のぞ》き込む。

「そうだよ、君の中はきっともっと敏感で、気持ちいいはずさ。だから静かにして」

頭の方に移動していたステファンが、片手で自らの着衣を乱しながらしーっと人差し指を立てる。

そして、彼の腰も近づいてきた。

下肢にではなく、顔へと。

「ん!?　やめ……んんん──────！」

怒張したステファンの肉棒が、テレーゼの口へと押しつけられる。

素早く唇を閉じようとしたけれど、ひどく興奮して熱くなった彼のそれは口へと入ってきてしまった。

──口の中に……男の人のものを……入れられるなんて！

そんな知識はテレーゼにはなかった。

「う……うう……んん──────！」

口をふさがれ、苦しくなる。

肉棒の熱さに呻《うめ》いた。

するとガイの身体も動き、下肢に焼けるような感覚を覚える。

「あっ！　ん、あああっ！」

熱く火照った肉棒が、愛撫されて籠絡《ろうらく》された膣口にしっかり押しつけられていた。

そのまま花弁を押しのけ、中へと入ってくる。

「んん――――!?　んんん！」

抵抗の声をあげようとしたけれど、ステファンに口をふさがれ、声にならない。

――ああ、私の初めてが……散らされて……しまう……。

純血の終わりを覚悟した時、熱杭を押しつけていたガイの動きが不意に止まった。

「きついな……だが――――」

低く唸《うな》り、彼が腰を突き出してくる。

「あああ――――っ!?」

貫くような刺激がテレーゼを襲い、呼吸ができなくなった。

内腿に生暖かく滲《にじ》むのは愛液だろうか。もう――――わからない。

「……まさか！」

驚いたような声を上げ、ガイが腰を引く。それを見ていたステファンも何事かと口への責めを引き抜く。

「どうしたのさ？　もしかして、こんなに美しく、初なフリをする女とするのは苦手？　なら僕が――――」

「違う！　どういうことだ？」

茶化すようなステファンの言葉を、ガイが一喝する。

テレーゼは呼吸ができるようになっても、事態が呑み込めずに、まだ怯え続けていた。

「お前、処女なのか？」

「えっ……処女……!?」

ガイの言葉に今度はステファンが驚きの声をあげる。

テレーゼは恐怖で声をあげることはできず、無言で頷く。

「七本の羽根の目印も、ダンスと軽食を断る合い言葉も、すべてが合っていたはずだ。サロンで俺とこいつに、同時に抱かれたいと手紙を出したのはお前だろう？　お前だと言ってくれ！」

肩を摑まれ、激しく揺さぶられる。

やはり声は出せず、テレーゼはただ首を何度も横に振った。

「そんな……偶然だというのか？」

「ご……ごめんなさい！」

やっと恐怖心を少し取り払ったテレーゼは身体をよじると、謝りの言葉だけを絞り出して二人から逃げ出した。

パニエをドレスの中で引き上げ、衣服の乱れを直しながら図書室の鍵を開けて、飛び出す。

幸いなことに図書室の前には誰もいなかった。

けれど、少し走ったところで、笑い合う招待客の声がして身を縮める。

テレーゼの乱れた髪、取り乱した様子に、談笑がやみ息を呑む気配がした。

※　※　※

テレーゼの去った図書室では、舞踏会に相応《ふさわ》しい格好に戻ったガイとステファンが苛々《いらいら》と考え込んでいた。

ガイは書架を見るわけでもなく部屋の中を歩き回り、ステファンは大きな革張りの椅子に足を乗せて座っている。

「まさか……そんな……偶然があっていいのか？」

「少しは落ち着きなよ。起きちゃったことは仕方ないじゃないか？」

苛立つガイを宥めるようにステファンが言い放った。

舌打ちをすると、ガイが近くにある椅子を引き寄せ、深く座る。

「落ち着けるか！　一人の女の人生を狂わせたんだぞ！　俺たちの手で」

女性たちが羨《うらや》む金色の髪を、大きな手でかきむしる。

「俺は放蕩貴族だということを自覚している。だが、誰かの人生を狂わせたら、それはもう放蕩者じゃない、悪人だ！　俺は自由を愛し、くだらない社交を馬鹿にしたいだけだぞ。無垢な女を汚したいわけじゃない。汚れた女をもっと汚してやりたかっただけだ……くそっ」

誰に向けたものでもなく、ガイが長い言い訳を口にする。

「手折り、散らしてしまったものは仕方がない。問題は常にこれからどうするかだよ？」

ステファンのほうは、人違いだったことに驚いてはいても、冷静だった。

「あの女は俺たちとは違う。本当にまだ純粋な、社交に染まっていない真実の女だ。放蕩者の俺たちが決して手を出していい者じゃない、そうだろ？」

「君の意見には賛同するよ。でも、今回の件が公《おおやけ》になれば、彼女は何もかも失うだろうね。走って出るところを絶対誰かに見られたよ、ドレスも乱れていたし」

ガイがステファンの言葉にびくっと身体を震わせ、低い声で呻く。

「償うつもりがあるなら、すぐに行動しなきゃ。彼女の名誉を、完璧《かんぺき》なまでに回復させるために。僕らはそれに必要なものを持っている」

「ああ、そうだ！　俺とお前は、金ならある。貴族社会で、金で自由にならないものなんて、ニヤリと笑い、やっとガイがいつもの気迫を取り戻す。

　その様子にステファンが肩をすくめた。

「まずは彼女のことを調べないと。名前は、たぶん偽名じゃないから簡単にわかるはずだね。たしかテレーゼ――」

「テレーゼ・アンドルースだ！　さっさと口封じに動くぞ」

　ガイが早速椅子から立ちあがると、図書室を揺らすような大きな足音を立てて出ていく。

　その後ろに、ステファンも続きながら連れてきた従者を呼び寄せ、指図を始めた。

【第二章】 放蕩貴族の奔走と無垢の恋

嵐《あらし》のように過ぎ去った昨夜《ゆうべ》。テレーゼはベルコーレ夫人の屋敷に戻っても、眠ることなどできなかった。

叔母の怒った形相は思い出せるものの、何を言われたのか、侍女のセレネにどうやって寝間着《ネグリジェ》に身支度を整えてもらったのかも覚えていない。

何度も寝返りを打ち、まどろみながら朝食の席へ行くと、ロミルダは寝込んだままだった。無理もないと、テレーゼは味のわからない朝食を詰め込み、外出の支度を始める。

——帽子屋へ……行かなければ。

昨夜……テレーゼの乱れたドレス姿は、何人かの招待客に見られてしまっただろう。もう、醜聞《スキャンダル》になっているかもしれないから、怖くて新聞を見ることができない。叔母が寝込んでしまっているということは、もう打つ手はないかもしれない。

――それでも……。

「セレネ。馬車の準備はできた？」

「はい、テレーゼ様」

何もしないよりはましかもしれない。帽子屋でわけを話し、間違えた相手のことが証明できたなら……。

わずかな望みを胸にテレーゼは屋敷を出た。

馬車の荷台に帽子の箱がしっかりと積まれているのを確認して、セレネを伴い馬車へ乗り込む。

「帽子屋までお願いします」

すでにセレネから伝わっているはずだけれど、テレーゼは御者《ぎょしゃ》に再度行き先を指示した。

菫色《すみれいろ》の首の詰まったドレスを着たのは、今さらな貞淑さを意識して……。

気を抜くと、昨夜のことを思い出してしまう。

憎しみや、恐ろしさではなく……身体が快感を覚えている。

囁かれた優しい言葉、求めながらも相手のことを想《おも》い、快感を誘う極上な触れられ方、決して乱暴にされたわけではない……。

――駄目……もう、忘れるのよ。

小花のついた帽子《ボンネット》を深くかぶり、留めたスカーフを強く引く。

髪も瞳も見せたくはなかった。

――昨日のことで困惑しているから……。

実はあの時、誘惑するような顔を知らずにしてしまっていたのか、二人のお世辞かわからない。それまでの舞踏会では壁の花だったのだから。

――どちらの私が、本当なの？

言われる前なら気楽だったはずなのに……今は自分がどのように人の目へ映るのか、気になってしまう。

こんなことでは、自分の中に隙が生まれてしまう。それは昨夜、彼らのと間に生まれてしまった誤解のようなものをさらに招く恐れがある。

しかし、一度気にし始めると無視することはできない。

自分の価値なんてないと思っていた。でも、彼らは違うと否定した。

よくも悪くもガイとステファンの言葉は、テレーゼの自分に対する価値観を揺るがしていた。

――どうしよう……。

あの乱れたドレスで、叔母に駆け寄り何を口走ったのかだけは覚えている。

『転んだだけ……！』

きっと、嘘は見抜かれてしまっているだろう。

セレネはそんな張り詰めた空気を察したのか、何も話しかけてはこなかった。

項垂《うなだ》れたまま馬車に揺られる。

——取り繕う？　何を？　醜聞なのに……。

侍女を馬車の中で待たせたまま、帽子屋へ入りわけを話すと、テレーゼは別室へと通された。やがて、責任者の店員だろう年配の女性が心底、申し訳なさそうに出てくる。

彼女は蓋の開いた大きな箱を持っていた。

「それは……薔薇飾りの帽子？」

かぶるはずだった帽子を見て、思わず声を出してしまう。

「大変申し訳ありません。わたくしどもの手違いでした」

おどおどとした声で、深々と店員が頭を下げる。

「……いえ、過ぎてしまったことは仕方がありませんので気にしていません。それよりもこの帽子が手違いで誰かの手に渡ったなら、お相手がいると思うのですが……彼女の名前とお住まいを教えてもらませんか？」

ゆっくりと息を吐き、テレーゼは背筋を伸ばして店員に訊ねた。

昨夜のことは、ここへは知れ渡っていないようだ。

——もし会えたなら、人違いだと証明してもらえるかも。

結婚前の貴族の男性二人との密室であった事実は変えられない。それでも、藁にもすがる思いでテレーゼはそう考えていた。

なんとかして自分の不名誉を払拭《ふっしょく》しなくてはいけない。

しかし、帽子屋の店員はテレーゼの問いに首を横に振った。

「それは無理でございます……昨夜これを返しに来られた時に、今朝《けさ》早く旅立つとおっしゃっていました。旦那様《だんなさま》らしき方がご一緒でしたので、長くはお話できませんでしたけれど……」

「旅立った？　どなたなのです？」

――手がかりが途切れてしまう！

テレーゼ必死の問いかけに店員は力なく首を振った。

「本当のお名前は存じません。いつも先払いで注文をくださる――おそらく高級娼婦のお客様でした。貴族の方とは当然入口は別にしておりますが、帽子を作らせていただいております」

「責めるつもりはないの……ただ、帽子を間違えたことを証明していただきたくて、な……七本の羽根に込めた意味……であるとか」

高級娼婦と聞き、動揺しつつもテレーゼは納得し始めていた。

自分は娼婦と間違われたのだ。

そして、手遅れになった瞬間に彼らはそれに気づいた。

「お客様のことは詮索《せんさく》しないようにしております。ただご注文通りに作りました」

「何か、その人のことで思い出すことはない？」

簡単に引き下がるわけにもいかず、テレーゼは食い下がった。

「そうですね。普段はお客さまのプライベートなことを漏らさないようにしているのですが、事情が事情ですので……」

困った顔をしながらも、帽子の取り違えに責任を感じている様子の店員は声をひそめて、教えてくれた。

「ご様子からは、外国へ旅立たれる前かと。あと……帽子をお返しくださった時にこう呟いておいでででした」

店員がテレーゼに顔を近づけ、さらに声のトーンを落として口にする。

「一夜の思い出を作り損ねたわ。けれど、これでいい……と。確かにそう、旦那様に聞こえないようにご婦人はおっしゃっておりました」

――一夜の思い出……!?

その言葉にテレーゼの鼓動がドクンと大きく跳ねた。

彼らの淫らなゲームが裏づけられていく。

それを知ったところで、帽子を取り違えられた彼女とはもう会えない。名前も行き先もわからないのでは、捜しようがない。

——どうしよう……打つ手がなくなってしまった……。

「お嬢様のお役に立てましたでしょうか？　このたびは、誠に申し訳ございませんでした。もし、よろしければ、わたくしどものほうで新しい帽子を仕立てさせてはいただけないでしょうか？　もちろん、お代は必要ございませんので」

「ごめんなさい、今はそんな気分じゃないの」

テレーゼは、とてもではないが帽子のことを考えられる心境になかった。それに、これから帽子がたくさん必要になるとは思えない。

しかし、その反応を違うことと受け取った店員は、深々と頭を下げた。

「あ、違うの。今のはそういう意味ではなくて……安心して、ベルコーレ夫人はこのことは知らないし、これから話したりもしないわ。今まで通り必要があれば、叔母は注文してくれるはずです」

「お心の広いお嬢様の心遣いに感謝いたします。ありがとうございます、ありがとうございます」

おおげさに涙を浮かべながら、店員の女性がやはり頭を下げる。叔母の御用達《ごようたし》でなくなるのは、店にとっては大きな損害だろう。

「それでは、失礼します」

「なにとぞ、ベルコーレ夫人によろしくお伝えくださいませ」

彼女は店の外まで笑顔で見送ってくれた。

けれど、テレーゼのほうは重い足取りで、のろのろと馬車へ歩を進める。

帰ったら叔母になんと言って、見舞えばいいだろう？

本当のことを包み隠さず話したら、身体を悪くしてしまうかもしれない。

――話せる自信も……ない。

どこまで……どうやって、伝えれば？

ぎゅっと目を閉じて足を止めたその時、テレーゼの肩が力強く摑まれた。

「テレーゼ！　探したぞ！」

「えつ……が、ガイ……？」

昨夜の過ちの相手が日の光の中に立って、摑んで止めたテレーゼの肩をごく自然に抱くようにしてきて……。

「は、離してください！」

ハッとして、声をあげる。

彼の腕から逃れようともがいた。けれど、それが注意を集め、通りにいた何人かの視線がテレーゼに突き刺さるのを感じてすぐに動きを止めた。

――駄目、騒ぎになってしまう。

ただでさえ、昨夜のことがある。今は、なるべく目立ちたくなかった。

「……少し、歩こう。侍女は馬車の中だな――――彼女も連れて……」

幸い、ガイも意図を汲《く》んでくれたのか、抑えた声で場所を変えるよう提案してくれる。

テレーゼは頷くと、馬車の中のセレネへ降りるように促し、侍女がついてくるのを確かめてからガイの隣を歩いた。

並ぶと、改めて男女の体格の違いを感じる。昨日のことを思い出し、怖かったけれど、胸を張って足を進めた。

しばらく歩いて、彼が向かっているのが近くの公園だということに気づく。それまで会話はなく、着いてから話をするつもりなのかもしれない。

隣を歩く彼を、こっそりと見る。

ガイは仕立てのよい上着に、濃青《サファイヤブルー》のクラヴァットをしていた。

金髪によく合う装いは、堂々として見えて、隣に立っていると気後れしてしまいそうだ。

川沿いの公園の敷地に入り、煉瓦《れんが》の橋が遠くに見えてきた。細くて長い木が影を作っている石畳の道で、やっと彼が足を止める。

同じタイミングで侍女のセレネも少し離れた場所で、足を止めてこちらを見ていた。

恐る恐る見上げると、ガイは力強く安心させるような表情を浮かべ、しっかりとテレーゼへ目を合わせてくる。

「昨夜はすまなかった。言葉だけで片づけるつもりはないが、まずは謝罪を――」

彼が深々と……謝罪のこもったお辞儀をした。

影になった葉と、髪を照らす木漏れ日が美しくて、王者のような存在に傅《かしず》かれているような錯覚を感じる。

テレーゼが何か言ったり行動をしたりしなければ、彼は頭を下げたまま微動だにしないだろう。完全な沈黙が二人の間に訪れた。

昨夜のことは、帽子屋で聞いたことからも、偶然が重なった不運だとは理解している。でも、理解したからといって納得できることではない。

テレーゼに、ガイを責める気持ちは確かにある。けれど、ここまで真《ま》っ直《す》ぐに謝られては、一方的に気持ちをぶつける気にはなれなかった。

それが彼の策略なのか、それとも性格なのか、わからないけれど、ともかくわかっているのはそんなことをしたところで、自分を取り巻く状況は何も変わらないということ。

その結論に達したテレーゼは、もう一度だけ自分の考えを反芻し、口を開いた。

「本当は許したくありませんけど……謝罪を受け入れます。そうしないと、前に進めませんから……何もかも忘れることは難しいですが、今回のことは不運だったと思うしかありません」

テレーゼの言葉を聞いて、ガイの肩がぴくりと動き、ゆっくりとその巨軀《きょく》を起こした。

「心から感謝する、羽根の淑女」

ガイは突然その大きな身体を曲げると石畳に跪《ひざまず》き、テレーゼの手を取って手袋の上からキスをした。

あまりに自然な動作だったので逃れることができず、口づけされた後、さっと手を引く。

「立ってください。また目立ってしまいます」

「今回の詫《わ》びとして、昨夜の間違いを忘れるほどの幸福を俺はお前に約束しよう。相応しい男のもとへと嫁《とつ》ぐといい」

――忘れるほどの幸福？　相応しい男へと嫁ぐ？

立ち上がったガイの言葉に耳を疑う。

それは、テレーゼにとってもう叶わない願いだ。

最大限の努力をするという意味なのかもしれない。

「事情は帽子屋さんで聞いて、わかりました。誰と何をなさろうとしていたのかも。醜聞は消せませんけど……なるべく小さくするためにご協力いただくだけで構いません」

テレーゼは、なるべくガイを傷つけないように返事をしたつもりだった。

けれど彼は違うのだと、首を振る。

「いや、醜聞にはなっていない。俺とステファンでとっくに美談へ変えた。今頃は寝込んでいたベルコーレ夫人も起き上がり、紅茶を飲みながら上機嫌になっているだろう」

テレーゼに一歩だけ近づき、ガイが笑いかけてくる。

彼の見事な体軀で日差しがさえぎられてしまった。

「……美談に？　叔母様と何か……？」

――叔母に会ったの？　いつ……？　醜聞を美談に？

困惑するテレーゼに説明をせず、ガイが馬車のほうへ戻ろうと顎で示す。

「ベルコーレ夫人の屋敷に戻るぞ。詳しい話はそこで……だ」

何が起きているのかわからなかった。彼の自信ありげな様子も。

けれど、ガイはテレーゼに有無を言わさず馬車までエスコートし、屋敷へ連れ戻った。


テレーゼを迎えたのは、ガイの言う通り上機嫌で長机に着くロミルダと――――。

机越しに向かい合って立つ、すらりと姿勢のよいステファンだった。

長机の上には何枚かの書類と、多くの手紙が置かれている。

「やあ、おかえり、テレーゼ。こっちの話はまとまったよ」

ステファンがにっこりと挨拶《あいさつ》をしてきた。

美しいラインを作るブラウンのジャケットに、刺繡《ししゅう》の入ったベスト、柔らかそうな黄緑《ライムグリーン》のクラヴァット。よく知っている応接間に彼の姿が溶け込んでいるのが不思議に思えた。

「よ、ようこそステファン……こっちの話って？　あの、叔母様、一体どうなって……」

寝込んでいたロミルダの頬は、薔薇色に高揚していて、見たことがないぐらい笑顔だった。しかも、どこかそわそわとしている。

何から訊ねればいいのか戸惑っていると、ステファンが机に置いてあった新聞を取り、社交欄を見せてきた。そして、記事を読みあげる。

『ラロヴィング公爵家の舞踏会では、心優しい淑女が花開いた。庭の木から落ちた鳥の雛《ひな》を果敢にも助けようと、放蕩貴族二人を従わせ、甲斐甲斐しく図書室で処置を調べ看病した。だが、その甲斐もなく雛は息絶え、彼女は心を痛め、取り乱した。これほど純粋で心優しい淑女がいるだろうか。彼女には誰よりも幸せな結婚が訪れることを願いたい。自然に囲まれて育ったテレーゼ・アンドルース伯爵令嬢は、今期最大の社交界の花である』

――図書室で……鳥の看病？　昨夜は庭へも出ていないし、雛なんて……。

「あっ……！」

――記事を、捏造したんだわ。

テレーゼの育ちのことも、調べあげて……。

気づいて声をあげると、ステファンが片目を閉じて黙っているように合図を送ってくる。

「いや、素晴らしい美談ですね。ベルコーレ夫人。僕も友人のガイも、テレーゼ嬢の必死さに、カードも、待ち合わせの女性も放り出して、看病しました。遊んでいる場合ではない、と。実に心打たれる出来事でした」

昨夜の図書室とはまったく違い、どこから見ても紳士のきりっとした口調のステファン。

ロミルダは、その彼を感心するように目を細めた。

「今回のことで、更生なさるといいのですけれどね。賭け事に女性、お仕事に素行の悪い方とのおつき合い、お二人の放蕩っぷりはわたくしの耳にも入っております。改めてくださるのであれば、我が屋敷への訪問を許してもかまいません」

彼らを責めるように放蕩貴族と口にしても、ロミルダの声に棘《とげ》はなかった。

むしろ歓迎しているように見える。

「もちろん、改めます。テレーゼ嬢の前で、情けない姿を見せたくはありませんからね。そして彼女の評判と幸せな結婚のためにも全力を尽くします、お任せください」

「ま、待って……私の幸せな結婚って……？」

テレーゼは話から完全に取り残され、口を挟んだ。

「テレーゼ嬢……」

向き合うように近づいてきたステファンがテレーゼの手を取る。

そして、真摯《しんし》な眼差《まなざ》しで続ける。

「昨夜は心を痛めた君を守れなくて、すみませんでした。心を入れ替えるから、僕を許してくれませんか？」

「…………っ」

——叔母様の前で謝るなんて……どこまで話したの？

戸惑いながらも、やぶの蛇《へび》をつつくわけにいかず、テレーゼはおずおずと頷いた。

——ステファンも許してしまった……。

ステファンが手の平を、親指でそっと撫でた気がした。

「さて、これからのことは僕たちにお任せください」

「ええ、そうしますよ。わたくしはドレスの注文に行かなければ……演奏会の招待もたくさん届いたし、お返事を書かなくちゃ……ああ、忙しいこと」

ロミルダが使用人もつけずに、テレーゼをステファンとガイだけの応接間に取り残して出ていってしまう。

「わ、私も……失礼しま……」

身の危険を感じて、テレーゼが部屋から出ようとしたところで、ガイによって扉が鼻先で閉められてしまった。

「待て！　お前にはこれから別の話があるんだ。頼むから警戒しないでくれ。俺たちは何もしない」

「そうだよ、テレーゼ。絶対に何もしないから安心して。ベルコーレ夫人には、新聞記事のましか話していない。夫人はすべてを信じているし、何より僕とガイを君の後見人として認めてくれた」

ステファンがさっきまでロミルダが座っていた長机の椅子へ回り込み、どっかりと座り込み足を組む。口調も心なしか親しげになっている。

「後見人……？　どうして他人の貴方《あなた》たちを？」

ステファンから飛び出した言葉に、テレーゼは驚いた。

後見人とは普通、親戚がなるもの。未婚の女性へつく場合には、生活に必要な財産の管理や援助とともに、結婚するための教育や社交界への手配などの責任を負う。

つい先ほどまでテレーゼの後見人はロミルダのはずだった。

見ず知らずの人に頼むことではなかったし、なろうとも思わないものだ。

「昨夜の君の献身に心揺さぶられ、僕らは君の社交資金を百倍にする援助協力をベルコーレ夫人へ申し出た。そして貴族の紹介――新聞記事を見せたり、君の相手に相応しいと思われる貴族からの手紙も持ってきたんだ。これから返事を書いて約束を取りつけるんだよ」

長机の上にある書類や手紙を、ステファンが指し示す。

「夫人は放蕩者の俺たちをただの金蔓《かねづる》だと思っている。結婚対象外に見ているから、お前の後見人になることを承諾したんだろう。資金もコネも潤沢にあるほうが便利だからな」

ガイが扉を背に腕組みをして、テレーゼを見てくる。

「これから私の社交を……貴方たちが……手伝う……？」

信じられなかった。

けれど、ロミルダは冗談でテレーゼを使用人もなしに彼らと同じ部屋に置き去りにするわけがない。

何より、長机の上にある書類も手紙も、様々な美しい筆跡が本物に見える。

――潤沢な資金とコネクション……。

彼らはテレーゼに差し出してくれると言っている。

「大事なお前の結婚シーズンを手折《たお》ったんだ。それぐらいさせてもらうのが当然のことだろう」

むすっとした様子で、ガイが顔を顰《しか》めた。

「でも……どうせ、誰にも見初めてもらえなかったかもしれないのに……そこまでしていただくわけには……」

評判が醜聞にならずにとても助かったけれど、それだけで十分。

見ず知らずの彼らに、お金や労力をかけてもらうわけにはいかない。

「テレーゼ！　君はもっと自信を持っていいはずなんだよ。美しい君を誰も見初めないなんて、あってはならない！」

「……は、はい………」

なぜか、ステファンが声を荒らげ、テレーゼは曖昧《あいまい》に頷いた。

「あの……どうして、私にそこまで……？」

「さっきも言っただろう。人間違いとはいえ、俺はお前を散らした。遊びとはいえ、そんなつもりはなかったのだから、償わせろ」

ふてぶてしく言ったのはガイで――。

「僕も暇つぶしと、君のためにならいい人を演じられる気がして」

足を組み直し、ステファンがニヤッと笑う。

「……ほ、放蕩貴族は更生されたのですよね……？」

ロミルダの前では心を入れ替えると言っていたのに、面倒をみてくれる様子の隙間から、好奇のまじった彼らがちらちら見える気がした。

「さあ？」

「どうだか」

ステファンが肩をすくめて、ガイが他人事のように呟く。

不安は残りながらも、これは自分に与えられた最後の機会かもしれない、とテレーゼは思った。

アンドルース家を救うためには、もうなんであろうと力を借りなければいけない。そうしなければ、まだ幼い妹と両親が路頭に迷うことになる。幼い頃から一緒だった使用人たちと、二度と会えなくなる。

帽子屋に行った時、心に思ったはず。藁にすがってでもなんとかしたいって。だったら、怪しいとはいえ、彼らの手を取らないなんて間違っている。もう、他に頼るものはないのだから。

「……よろしく、お願いします」

「任せておけ！」

「決まりだね」

二人が満面の笑みでテレーゼに返事をする。

戸惑いながら、彼女は微笑み返した。


その日は、彼らの言う通り手紙の返事を書き、翌日になって、ガイとステファンはまたベルコーレ家を当たり前のように訪ねてきた。

来るなりガイが書類を投げてよこす。

「手間取ったが、これで完璧だな」

「なんの書類ですか……？」

テレーゼが受け取ったものの、丸めて封蠟がされているものを開けていいのか迷いながら

訊ねると、思いがけない答えが返ってくる
「お前の処女証明だ。今日づけで——騎士《ナイト》の称号を持つ医者が出している本物だ」

「し、処女……って……!?」

びっくりして書類を落としそうになる。

その単語に、気持ちがざっと引いてしまう。

「嫌そうな顔をするな。身の潔白には必要だろう」

「……でも、私は診察を受けていません……」

書類に書かれている医者の名前すら、テレーゼには見覚えがなかった。

「いや、受けたことにしろ。お前は間違いなく処女だ」

「…………」

このまま問答を続けても、処女だの違うだの、何度も口にすることは憚《はばか》られて、テレーゼは書類を受け取った。

続いてステファンが長く丸めた紙を、長机の上へ広げていく。

「さあ見てよ、テレーゼ。君にも発言する権利はあるから。顔も爵位も金も、ベッドテクもいいと評判の結婚相手候補のリストだ」

「……はい」

——ベッドテクって……。

放蕩貴族はあけすけにものを言うのが得意なのだろうか？

複雑な面持ちで、テレーゼはリストを覗き込んだ。

そこには、何名かは彼女でも知っている有名貴族——社交界で人気の男性の名前がずらりと並んでいた。

誰しもが舞踏会で人気の独身貴族で、テレーゼは話しかけられたことすらない。

「無理だと思います……お話したことがない方ばかりですし……」

「無理ではないよ。僕に借金をしている貴族や、ガイの仕事に絡んでいる連中ばかりだから。性格ものほうも把握しているし、弱みも相当知ってる」

彼は半年も請求書が未払いで、財産を乗せた船のトラブルで、鉄道株で失敗、と——ステファンが丁寧に貴族の弱みを説明していく。

「人を騙《だま》したり、脅したりして結婚することはできません……」

テレーゼは精一杯の抗議のつもりで口にする。

けれど、返ってきたのはガイの苛立った声だった。

「綺麗事を言うな！　結婚に持ち込むためなら、どんな手でも使うのが貴族という生き物だ。お前は家名を守りたくないのか？」

「で、ですが……」

ガイの口から家名を守れと言われ貴族を説かれると、妙な気持ちになる。彼は貴族なのに、その身分を嫌がっているみたいだ。

「誰も彼もが様々な手を使い、装うものだよ。結婚前の淑女は特に……僕はそれも含めて、愛《いと》しいことだと思うよ」

今度は宥めるようにステファンが語りかけてくる。

「……まあ、そういうことだ。声を荒らげて悪かったな。お前には無事に結婚してもらわないと責任が果たせない」

「はい――――そう、ですね……」

つまり、二人はテレーゼへの罪滅ぼしに躍起になってくれているのだ。

その行為をあまり無下にするのも悪い。

事態が丸く収まり、家族も叔母も喜ぶことが一番の解決なのだ。

テレーゼが結婚相手を見つけることが――――。

「わかりました。私も、やってみます……お二人のご厚意に応えるためにも！」

いつまでも、考え込んでいても仕方がない。

やるべきことは目の前にある、彼らの時間をもらってしまっているのだから。

テレーゼは真剣な眼差しでリストを見つめた。

「やる気になってくれて嬉しいな。ついでに、昨日の手紙の返事ももらってきた。ヴァーン公爵から散策のお誘いだ」

「えっ……ど、どうも……」

ステファンに言われるままに、返事を書いた見知らぬ相手からの手紙の、新しい返事が届いていたみたいだ。

封筒の角を彼が指で優しくつつく。

「ヴァーン公爵……彼もリストにいるよ。下から三番目だけど、資産も家柄も素晴らしい。男らしくないところで僕の評価がかなり下がっただけ」

促されるように渡された手紙に目を通す。ヴァーン公爵の気遣いに溢れた文章が目に飛び込んできた。

人気の貴族の方と手紙のやり取りができるなんて……。

「とても丁寧なお返事です。ありがとうございます……けれど、私……ヴァーン公爵とはお会いしたことがないのに、どうしてお手紙が来たのでしょう？　新聞記事で気に留めてくださったと書いてありましたが、この手紙には〝舞踏会ですれ違ったのかもしれない君へ〟となっています。それって……面識がないということでは……」

「ちっ、あの軟弱者！　間違うなってあれほど念を押したのに――――！」

ぞっとするようなステファンの声が響き、驚いて彼を見ると、その時にはもう優しい笑顔だった。

――今のは、聞き間違い？

彼が、ヴァーン公爵を脅して手紙を書かせたのではないといいのだけれど……。

不安はあったけれど、テレーゼは彼らの期待に応えようと必死にリストへ目を通した。


事の真相は、三日後にわかった。

それまでに、テレーゼは十着のドレスを仮縫いして、二十通もの手紙のやり取りをした。

中身を見られることに抵抗はなかったけれど、ガイもステファンも自分のことのように、文面には気を遣い「こいつには裏がある」「誘いは受けろ」「断れ」「保留にしろ」など口を出してきて――。

目まぐるしく時間が過ぎていく。

そして、ヴァーン公爵と彼の領地を散策する日の朝。

早朝にもかかわらず飾り立てられたテレーゼは、ガイとステファンと向かい合わせで馬車に揺られた。

ぐったりしながらも、涼しい顔をして座っている彼らを盗み見る。

彼らはそれほど疲れていないように見えた。

ここ数日、テレーゼよりずっと動き回っているように見えるのに。

——こんなにつき合ってくれているのだから、私がしっかりしなくては……。

気持ちを奮い立たせて止まった馬車から降り、ヴァーン公爵に迎えられた。

「おはようございます、テレーゼさん」

「お招きありがとうございます、ヴァーン公爵」

テレーゼは丁寧な所作で、ヴァーン公爵へ挨拶をした。

ガイとステファンもそつけない挨拶をして、離れていく。

「テレーゼさん、歩きましょうか？」

「はい」

ヴァーン公爵は、金の髪を撫でつけた優しそうな水色の瞳を持つ紳士だった。けれど、ステファンのほうを時々ちらちら見ては、怯えたような表情を浮かべている。

つき添いの女性に監視されるよりも、確かに緊張することかもしれない……と、テレーゼは、彼らの視線からヴァーン公爵を隠すように立って歩いた。

「……テレーゼさん、どんな方がいらっしゃるのかと思ったら、お優しいのですね」

「え……？」

テレーゼは彼の呟いた声に目を丸くした。

——やっぱり、ステファンに脅されて手紙を書いたのでは……。

すぐにそんな思いが頭の中を巡る。

「あ、の……ヴァーン公爵、もしかして、ステファンに脅……ではなく、頼まれて手紙をくださったのでしたら、無理をなさらないでください。私は、貴方がちゃんと散策に私を誘う務めを果たしたと、伝えておきますから……」

気を利かせて控えめに提案してみると、ヴァーン公爵の目に、微《かす》かな安堵《あんど》がよぎった。

テレーゼも気が強いほうではないので、彼の気持ちは共感できる。

妙な親近感を覚えて、緊張が解けていく。

領地にある牧場にさしかかり、テレーゼは目を細めた。

「立派な牧場ですね。動物たちも気持ちよさそうです」

広大なヴァーン公爵の領地は自然が多く、開放感に溢れている。

「……ぼくは、本当にあなたを誤解していたようです。また、手紙を書いても?」

「えっ……？　は、はい、喜んで……」

ヴァーン公爵が目をキラキラと輝かせてテレーゼを見ていた。

――これも、お世辞なのかしら……？

とてもいい人に思える。

ヴァーン公爵はとてもいい人だ。

「…………」

いい人、以外の言葉が見つからないけれど……。

テレーゼはふと……遠くからこちらを眺めている、ガイとステファンの姿を目で追ってしまった。

彼らもいい人なのだろうか……。

少し強引だけど、強引すぎるけれど、テレーゼにとってよいことへと背中を押してくれる。何より資金を出して、様々なことを手配してくれている。

ただ、放蕩貴族と呼ばれている二人を、いい人と呼んでいいのかはわからない。

顔の細部までわかる距離ではないのに、彼らの身体がぴくりと動いた気がした。

「あ、あの……」

ヴァーン公爵の呼びかける声で、我に返る。

彼はテレーゼの手を取り、真剣な瞳でテレーゼを見つめていた。

「テレーゼさん……ぼくは、この領地で、貴女《あなた》と、動物たちと、子供と幸せな家庭を築きた──ひぃっ！」

テレーゼの横を風が駆け抜けた気がした。

ヴァーン公爵の叫び声がした真横に、いつの間にか彼に摑みかかるような格好で、ガイとステファンが立っている。

「おい！　まだ早いんじゃないのかっ」

「もっと丁寧に口説《くど》け。こんないい女に、牛や羊の前で一緒くたにして愛を語るな！」

嘆きのような悲鳴がヴァーン公爵からあがった。

「ひ、ひいっ！　す、すみません……今日は気分がすぐれなくて……！　馬車までお送りできません。楽しかったです！」

放牧の柵がある丘を転がるようにして彼が逃げ戻っていく。

「ふん、根性のない奴だ。無駄足だったな。あんな男がテレーゼを幸せにできるわけがない。結婚生活から逃げ出し、愛人を作るのが関の山だ」

ガイが鼻を鳴らした。

「テレーゼ、屋敷に戻って着替えをしましょう。昼は園遊会の予定が入っています。ミットフォード子爵に引き合わせましょう」

――ミットフォード子爵？　誰……？　聞いてないけれど。

テレーゼの今日の予定は一つではなかったらしい。

彼らが公爵との間に割り込んできたのは、手を取ったから？

その理由に疑問を覚えたけれど、考える暇もなく、次の行き先に急いだ。


ミットフォード子爵の園遊会は、色とりどりの薔薇が美しかった。白を基調としたお屋敷も見事だったけれど、建物と完全に調和している庭が神々しい。

強い日差しにも負けずに、凛《りん》と咲いている黄色の薔薇が多く広がる庭の一角に、東屋《あずまや》がある。

テレーゼは、ガイとステファンにエスコートされてミットフォード子爵に挨拶をした。

彼らに紹介され、ドレスの裾を摘まんで膝を軽く折る。

「お目にかかれて光栄です、ミットフォード子爵」

「これはこれは……可愛らしいお嬢さんだ。テレーゼ嬢」

黒く艶やかな波打つ髪に、少し日に焼けた肌。

ここへ来る直前に、テレーゼより十五歳年上の三十五歳だと聞いていたけれど、実際の年齢よりもずっと若く見える。

ミットフォード子爵は、彫りの深い、笑顔が印象的な人だった。

「どの薔薇より、お嬢さんが一番美しい」

「そんな……薔薇に怒られてしまいます……」

さらりと言われて、テレーゼは首を振った。

ミットフォード子爵が〝おや〟という顔をする。

もっと別の、会話が弾む言葉があったかもしれないのに、右と左をガイとステファンに挟まれていると、変なことは言えないと気が張ってしまう。

——ああ……否定しただけなのに、うぬぼれた言葉だと相手に取られてしまったかもしれない。彼らの前で失敗してしまった？

テレーゼは自分の返した言葉に顔を真っ赤にした。

「おやおや、初だね。おいで、テレーゼ。君だけに秘密の花園を見せてあげよう」

「秘密の……ですか？」

地下に温室でもあるのだろうか？　そう考えていると彼がテレーゼの腰に触れる。

「こっちだ。とっておきの薔薇を見せてあげるから」

子供をあやすような優しい言葉に、父性を感じる。

ミットフォード子爵か気を利かせて会話をリードしてくれたのだろうか。

彼の言葉に頷きそうになった時、背後から両肩を引かれ、視界が何かに覆われた。

「えっ……？」

ガイがテレーゼを引き寄せ、ステファンが目を覆っている。

「こんなジジイの策略に引っかかるな！」

「庭に毒虫を放ってやる……」

彼らが怒りを露わにして、騎士のようにテレーゼをかばった。

――私……何かされた？　それとも……してしまった？

そそくさとミットフォード子爵が別の夫人と談笑を始めてしまう。

テレーゼは怒りの色を滲ませたガイとステファンとともに、次なる支度を始めるために屋敷へ戻った。

今日は何回、着替えるのだろう……。

昼過ぎからはトゥルン伯爵と乗馬だった。

彼はガイが引き合わせてくれた貴族で、令嬢たちの中でも噂が絶えない人物だ。

英雄のような存在感のある甘いマスクは、見つめられたら倒れてしまう女性もいると聞く。

亜麻色の長い髪が風になびいている。

「はっ!」

そんな彼が、自慢の葦毛《あしげ》の馬に乗って障害を乗り越えたのに、テレーゼは別のほうばかり気になっていた。

今乗っている栗毛《くりげ》の馬はとても賢くて好ましい。

真新しい赤茶色の艶やかな乗馬服もとても気に入っている。

けれど跨《またが》っている馬より、自分の新しい乗馬服より、トゥルン伯爵の勇士より、テレーゼは少し離れたところでつき合い程度に馬を歩かせている、ガイとステファンばかり……気になってしまった。

トゥルン伯爵の乗馬服はとても似合っていて溌剌《はつらつ》としていたけれど、ガイのような貫録《かんろく》もなければ、ステファンのように優美でもなかった。

——どうしよう……気にしてはいけないのに……。

彼らは後見人なのだから、着替えるたびに気にしたり、顔色を窺《うかが》ったり、存在を確かめなくてもいいはずなのに……。

ましてや、比べてしまうなんて……。

「……テレーゼ嬢は、わたしを馬鹿にしているのですか？　気に入らないな、どこを見ているんだ？」

「あっ……！」

馬首を返したトゥルン伯爵が不機嫌さを露わにして馬を歩かせてくる。

「ご、ごめんなさい……」

テレーゼが項垂れると、トゥルン伯爵の瞳が鈍く輝く。

――怖い……。

反射的にそう思った。

「あなたはわたしの花嫁失格だ！　なんだその態度は、謝れば済むと思っているのか！　だいたい――」

刹那《せつな》、トゥルン伯爵の「ぎゃっ！」という声と、馬が走る音が遠ざかっていく。

「ふぅ……」

テレーゼのすぐ近くには、いつの間にか鞭《むち》を振りかざしたステファンがいた。

どうやら、ステファンがトゥルン伯爵の馬に鞭を入れたようだ。

「あの男こそ気に入らないな。お前は何も悪くない」

ガイがステファンより少し遅れて、テレーゼの荷物をまとめて馬を走らせてくる。

「今日は終わりだ。涎《よだれ》を垂らした駄犬が多すぎる」

「テレーゼ、次はもっといい男をご用意するよ」

――ご用意って。

彼らはそう言ってくれているけど……。

テレーゼは気落ちしていた。

令嬢たちが競うような有名貴族を紹介してもらったのに、恋もできないどころか、次に会う約束ももらえなかった。

――私に問題があるのでは……？

二人は真剣に結婚相手を探し、様々な手配をしてくれているのに。なのに、自分は……。

※　※　※

ベルコーレ家の晩餐《ばんさん》の席、白いテーブルクロスの上に均等に並んだ食器は三セット。

しかし、夫人はオペラ鑑賞で不在だった。

現在、屋敷にいるのは、テレーゼ、ガイ、ステファンの三人だけ。

一応形としてはテレーゼが、後見人である彼らを招待した形になっていた。

しかし、ダイニングルームにいるのは正装をしたガイとステファンだけである。

今夜の晩餐は、親睦《しんぼく》と今日の結果報告の場であった。

「随分と遅いな」

焦れたようにガイが立ち上がって、熊のようにそわそわ歩き回って唸り――――。

「女性の支度は急《せ》かすと嫌われますよ」

涼しい顔で、ステファンが席に着いている。

そこへ、テレーゼの侍女であるセレネが思い詰めた顔で入ってくる。

すぐに何事かとガイが彼女に訊ねた。

「あの――――テレーゼ様が……お支度の前に、わたしに下がるようにお命じになり、おそらくは体調が悪いのではないかと思います。もう一度、様子を聞きに行ってまいりましょうか」

「なんだ？　具合が悪いのか、まだ着替えもできてないだろう！　気づいていたなら、もっと早く言わないか」

ガイがセレネに詰問するような口調でにじり寄ったので、彼女はすっかり怯えてしまっていた。

「……帰り際に、落ち込んでいたような気もするな。僕が見てくる」

「いや！　俺が行く！」

椅子から立ちあがって、テレーゼの様子を見に行こうとするステファンを大股《おおまた》でガイが追い越して言う。

「君の貴族らしからぬ筋肉は、彼女を怖がらせるだろう。それに今のまま部屋に突入されたら、どうせ、声を荒らげて怖がらせるんじゃないの？　嫌われるよ」

「あんな女に怖がられようが嫌われようが……！　……っく、ま、まあ……短気はよくないな。避けられるようになっては困る。償えなく、なる」

どっかりとガイが椅子に腰を下ろす。

「ああ、そうそう。今日、ヴァーン公爵へ先に飛びかかったのは君だったよね？」

「お前こそ、ミットフォード子爵の前で俺より先に目をふさぎ、トゥルン伯爵の馬に容赦なく鞭を入れただろう？」

じりじりと二人が視線を合わせ睨み合う。

「……もう少し待てなかったの？」

「もう少し待てただろう」

次の言葉が同時に発せられ、ステファンもガイも固まった。

それから、苦笑いをしたステファンがガイの横を部屋の入口へ向かって通り過ぎていく。

「身体を壊しているなら、すぐに知らせろ。医者を呼ぶ手配はしておく」

ガイがそう言い放ち、ステファンがその場合は夕食がいらなくなるかもしれないことをセレネに伝えてダイニングルームから出ていった。

※　※　※

テレーゼはオレンジ色の夕日が差し込む自室で考え込んでいた。

そろそろカーテンを閉めなければ……けれど使用人が来る気配はない。

さっき着替えを持ってきたセレネを「気分が悪いからまた後で」と下がらせてしまったことを、ぼんやりと思い出す。

テレーゼは乗馬服のままだった。

部屋に戻ってきて一人になってから、ピンと張り詰めていた糸が緩み、気が抜けてしまっている。

――色々なことが一気に起こって……。

大変な一日だった。

「夕食のドレスに着替えないと……」

ガイとステファンとの晩餐を楽しみにしていたはずなのに、動けないでいる。

夕食の席で、和やかに語らい、今日のテレーゼがどうだったか二人からアドバイスをもらう約束だった。

彼らは今日の成果について、テレーゼを悪くないとかばってくれるだろう。

――私がおかしくても……きっと優しい言葉をかけてくれる。でも……。

「…………」

そのことを想像すると、テレーゼの胸が痛んだ。

ヴァーン公爵も、ミットフォード子爵も、トゥルン伯爵も、会ったばかりなせいもあるけれど、何も感じなかった。

恋や愛で結婚相手を決めるのではないとわかってはいるけれど、それでも、それを求めたい気持ちが生まれずにはいられなかった。

「ガイ……ステファン……」

気がつけば彼らの姿を探し、比べてしまっている。

――それ以上に……比べものにならないぐらい、意識してしまう……。

ふとした時にも、舞踏会での最初のときめきを思い出してしまう。

彼らの熱、視線、すぐ近くに存在しているだけで高鳴る鼓動。

――晩餐に行かなくては……でも、どんな顔で会ったらいいかわからない……。

今日だって、彼らが助けに入ってくれて、ほっとしたのが正直な気持ちだった。

知らない貴族といるよりも、彼らのほうがずっと魅力的に映る。

間違いとはいえ、自分を散らした相手なのに……なのに……。

「…………もし、見つからなかったら……？」

そんな悪い希望すら抱いてしまう。

テレーゼの結婚相手が見つからなかったら、彼らはずっと近くにいてくれるのだろうか。

「……いつから、私……そんなずるいこと……」

自分の考えに嫌気が差した。

自己嫌悪に両手で顔を覆う。

――きっとすごく醜い顔をしているわ。

彼らはきっとテレーゼが結婚するまで、自分の世話をやめないだろう。

もう、十分すぎるほどよくしてもらっているのに。

「…………っ」

肩が震えた。

泣いてしまわないように堪《こら》える。

目が赤かったら、きっと変に思われてしまう。

これ以上面倒をかけたくもないし、心配もかけたくない。

コンコン――――。

と、扉を叩く音がした。

セレネならノックをせずに入ってくるのに、さっき退出させてしまったから気を遣ってくれているのかもしれない。

「……はい、どうぞ」

テレーゼは顔から手を下ろし、平静を装って扉のほうを見た。

気持ちを切り替えて晩餐の支度をしようと、自らに言い聞かせる。

「テレーゼ？　気分でも悪いの？」

するりと部屋に入ってきたのはステファンだった。晩餐用の正装を優美に着こなしている。

「っ……なんでもないの、ぼーっとしてしまっていて、晩餐に遅れてごめんなさい……セレネを呼ばないと」

心の片隅で、ステファンの姿を見て温かくなってしまった気持ちがある。

けれど、それはひた隠しにしなければならない――――。

早口でテレーゼは詫びと侍女を呼ぶことを伝えたが、彼は落ち着いた所作でゆったりとテレーゼに近づき、彼女の顔に落ちた髪を指先で持ちあげて払う。

「何をそんなに焦っているの？　僕は君に待たされるなら本望だよ。心配して、来たんだ」

ステファンの言葉が柔らかくテレーゼの心に溶け込んできて、切ない部分をぎゅっと摑んで持っていってしまいそうだ。

——そんなに、優しくされたら……。

動けずにテレーゼは立ち尽くした。

「帽子は早く脱がなくちゃ、ピンで綺麗な髪を痛めてしまうよ」

テレーゼの乗馬用の帽子をステファンが優しく脱がせて、髪を留めていたピンも引き抜く。

途端に呼吸が楽になる。

「……っ、ふぅ……」

でも、心が苦しくなった。

優しい——優しく献身的な彼の期待に、少しも応えていない。

ピンを近くのチェストへ置き、ステファンが指でテレーゼの桃金色《ストロベリーブロンド》をそっと解《ほぐ》してくる。

肩に広がった髪の感覚があり、くすぐったい気持ちになった。

「テレーゼ……少し、泣いた？」

「えっ……!?」

涙は零していないはずなのに、なぜ気づかれてしまったのだろうか。

動揺を隠せないテレーゼにステファンの顔が近づいてきて、銀灰《アッシュ》の前髪が乱れた桃金色《ストロベリーブロンド》と触れて交ざる。

「な、泣いていません……疲れてしまって、本当に……なんでも、ありません……」

顔を覗き込まれただけなのに、甘えて泣いてしまいそうだ。

せりあがってくるものを懸命に堪える。

――こんなによくしてもらっているのに……誰にも興味がないなんて……。

――ステファンやガイだけ目で追ってしまい、一緒にいると嬉しいなんて。

「なんでも、な……っ……ありませ――」

肩がぶるぶると震える。

堪えなくてはと思えば思うほど、目尻が熱くなっていく。

「泣かないで？　話して？」

誘うようにステファンが優しい笑みを向け、テレーゼの頬へ温めるように手を置く。

何もかも正直に話してしまいたい衝動を、止めることができない。

「……わ、私……変なんです…………誰とも結婚できません。お二人の努力に……応えられる力もなくて……ごめんなさい」

「なぁんだ。今日のことを気にしていたの？　まだ次があるって言っただろ。君は何も悪くない」

優しい、優しい声。

「違いま……す！　私は……ステファンとガイより素敵な人を見つけることなんて……でき

ない……」

――言った！　言ってしまった……。

一度零れ出した言葉は止まらない。

「だって、すごく魅力的だもの……目で追ってしまうの、二人に比べたら……公爵だって、どんな人気貴族の方だって、消し飛んでしまう……おかしいの私……恋も結婚もできないぐらい……変なのかもしれない……」

一瞬、ステファンが見たことがないほどに驚いた顔をした。

――ああ、呆れられてしまった……。

後悔が押し寄せたけれど、胸のつかえが取れてしまった気がする。

「まいったな。僕のことが――気になるの……？」

「っ！　……っう……！」

テレーゼは激しく頷いた。その拍子に涙が零れてしまう。

「泣かないでっ！　君みたいに大事な人の慰め方を……僕は、知らないから――っ……んっ……」

唇がそっと温かいもので覆われた。

泣いていたのを忘れて、目を見開いたテレーゼのすぐ近くに、目を閉じた彼の長い睫毛《まつげ》がある。

「んっ……ん――――」

彼の唇が気持ちよくて、そうしていると恍惚感《こうこつ》がこみあげてきて、テレーゼも目を閉じた。

キス……してしまった。

彼は後見人なのに……と、考えると、いけない気持ちが胸の中に渦巻いて、身体がより熱くなってくる。

「……ステファン……」

止めていた息を解いて、彼の名を呼ぶ。

「泣かないで……君の悩みも、慰め方も知っているけれど――――汚していいのかわからない。わからないけど……欲しいんだ……早く僕を突き放してくれないと、止められる自信がない」

「なぜ……突き放すの？　貴方を……」

彼の言葉の意味がわからなかった。

こつんとステファンの頭がテレーゼの額に触れる。困ったような呻きが聞こえてきた。

「僕が気になるなら、教えてあげたいんだ……もっと知ってもらいたい。今の君を見ていると押しつけてしまいたくなる。そうしたほうが、お互い苦しくないんだ。少なくとも今の苦しみを飛び越してしまえる」

――――知ってもらいたい？　今の苦しみを飛び越してしまえる？

彼が口にした提案は聞く限りでは、とてもいいように思える。けれど、苦しんでいる。

──なぜ……苦しんでいるの？

気持ちを和らげようと、テレーゼはステファンの頭をそっと抱いた。

道で転んで泣いている子供をあやすように……すると、くすぶっていた気持ちまで遠い昔のことのように思えてくる。

悩んでいたことが……彼方《かなた》へ飛んでいってしまったみたい──。

──触れているだけで、こんなに気持ちが落ち着くなんて、どうして？

「駄目だ……テレーゼ。君が欲しくなる……もう、たまらなく──んっ……」

唇が触れた。

今度はさっきよりずっと甘くて、切ない気持ちが流れ込んでくる。

「んっ……ふ……ステファン」

愛しい──と、ステファンに求められているように錯覚してしまう。

「何をしているっ！」

扉が開け放たれる音がして、ガイが怒りの色を滲ませて立ち尽くしていた。

「何って、キスだよ──愛しくて、止まらなくなったから……でもよかった、君が止めに入ってくれて」

テレーゼをかばうように抱きしめながら、ステファンがガイを見る。

「いい覚悟だ！　お前、後見人のくせにっ！」

ガイが飛びかかるように部屋を広い歩幅で歩いてくるのを見て、テレーゼはステファンが殴られてしまうかもしれないと、二人の間に入った。

「ま、待ってください！　私がいけないの……ステファンは慰めてくれただけ――――私が、二人のことばかり考えていて……もっと素敵な人なんて見つけられないって、我儘《わがまま》を言ったから……っ」

「なっ……！」

ガイの身体がみるみる強張《こわば》っていく。

「ごめんなさい……気になってしまってごめんなさい……どうしたらいいかわからなくて」

「――――今日会った奴らより、俺が素敵だとお前は言うのか」

唸るように低い声がした。怒られてしまうかもしれないけれど、テレーゼは何度も頷いた。

「……俺のことが、気になるのか？」

「はい……」

否定できない。また零れそうになってしまった涙を堪えて、テレーゼはか細い声で返事をする。

じっ……と、動きを止めたガイの双眸がこちらを見ていた。

ふらふらと彼が近づいてくる。

「駄目だよ、ガイ！　君なら止めてくれると思ったのに」

「俺の自制心がお前以上だと思うなよ」

テレーゼの肩からステファンの手が剝がされ、ガイの力強い腕に抱きすくめられてしまう。

「あっ……！　が、ガイ……!?」

戸惑う唇を、熱でふさがれた。

彼が鳶色の瞳を細めながら近づいてきたと思った時には、もう口づけられていた。

「ん……んっ、ん――――」

もがけばもがくほど、深いキスをされてしまう。

「羽根の淑女《レディ》の温《ぬく》もりを俺は忘れたことがない。もう……我慢できない……」

ガイが息を漏らし囁く。

「んっ、我慢って……えっ、あっ……!?」

テレーゼはガイの手により、軽々と抱きあげられた。

「後見人なのに、いいのかい？」

「知るか！」

ステファンが皮肉めいた声で言い、ガイがぶっきらぼうに返す。

「な、何を……するの？」

天蓋《てんがい》つきのベッドがテレーゼに近づいてくる――――ガイがそこへ向かっているからだ。

ステファンがベッドに先回りして、クッションを整えているのが目に映る。

「それは……駄目……っ！」

何が起ころうとしているか、テレーゼは察した。勘違いではない、はっきりとわかる。

ガイとステファンはテレーゼを抱こうとしていた。

「お前が俺の欲望に火をつけた。止められるものか！」

言葉とは裏腹に、テレーゼの背中は優しくベッドへ寝かされていく。

「怖がらないで、痛いことはしないから。前の記憶のままじゃ辛《つら》いだろ、僕も不本意だし……今度はテレーゼを必ず気持ちよくさせてあげる」

宥めるようにステファンがテレーゼの乗馬服の上着を脱がせてから、下に着ていた上衣の胸元のボタンをはずしていく。

「だ、め……」

もっと大きな声で言おうと思ったのに、吐息しか漏れなかった。

脱がされる指に、抗えない、その衣擦《きぬず》れの感覚に身を任せてしまいそうになる。

「どうして、駄目？」

ベッドに座り、ステファンが乗馬服の上衣を引き下ろして抜き、優しく問いかけてきた。

「……っ……………う……」

肌着とコルセットだけの姿になってしまった胸を、覆うようにテレーゼは隠す。

「恥ずかしい……から……」

そんな理由だけじゃない、でも、口からは甘えたような声しか出なかった。

「じゃあ、まずはその問題を解決しよう」

目を輝かせて、ステファンが自らの正装のタイを取り去り、カフスもはずしてしまうと、テレーゼの手をシャツの襟へとかけるように持ちあげて握らせる。

「な、にを……」

「僕も脱がせていいよ。邪魔なものがない身体のほうが、痛くも苦しくもなくて気持ちいいから」

誘うように言われて、テレーゼは一瞬ボタンに手を伸ばしかけて、やめ、襟を掴む。

「で、できません……」

「君が僕の服を脱がせてくれないから、僕が君を全部脱がせることにするよ」

悪戯っぽい眼差しで、ステファンがテレーゼの肌着をまさぐる。

「ひゃっ……！」

――脱がされたら、困る……。

弾《はじ》かれたようにテレーゼはステファンのボタンへ手を伸ばし、ぷちぷちとはずしていく。

その時、ベッドが激しく軋んだ。

「俺は？」

テレーゼの隣に、どっかりと添い寝をするようにガイが横になる。

「俺も、脱がせろ。さもなくは――」

ガイがテレーゼの乗馬服の下部分――膨らんだスカートを引きずり下ろした。途端に腹部から足が涼しくなり、大きな衣擦れの音とともに、乗馬服が絨毯《じゅうたん》の上へと投げ捨てられる。

「コルセットの紐《ひも》はここか？」

「あっ……待っ――あっ……」

荒々しい指先が、テレーゼのコルセットの紐を見つけ、動きを変えて繊細に解いていく。紐の擦れた振動が、しゅるしゅるとウエストラインを伝っていった。侍女にされているのと同じことなのに、ガイの手にかかると全然、違う。

呼吸が楽になるのと、怯えが襲ってきたのは同時で――。

「やっ……駄目……っ」

テレーゼは身を固くして、縮こまった。

「せっかくいいところなのに、邪魔しないでよ。君はテレーゼに一回痛みを与えたんだから、黙って見ててくれ。巣穴から顔を出した臆病な子兎《こうさぎ》を逃がしてしまう」

「勝手に言ってろ。まあ……激しくしない自信はない。子兎が牝豹《めすひょう》に変わるのをこうして待つとするか、俺を奥まで咥え込めるまで……な」

テレーゼの横に寝そべったまま、ガイが自らの正装を緩めたかと思うと、上半身をすっかり脱ぎ去り、裸のまま添い寝してくる。

「ほら、彼も脱いだよ。早く僕も脱がして？　テレーゼ？」

「……で、でも……っ」

――私は何をしているの？

――逆らえない……もっと触れたくて、知りたい……。

身体の奥の奥、深いところに、熱がついたみたいだ。燃え広がりたいとじりじり、テレーゼの心を急かす。

――もう、考えられない……どうすればいいのか……。

「っ……う……」

ぎこちない手つきで、テレーゼはステファンのシャツを脱がせた。促されるままにベルトまではずしてしまう。

「よくできたね。ご褒美だよ」

「あっ……！」

ステファンがテレーゼのペチコートを全部脱がしてしまう。下着も靴下も、軽々と彼の指先に引っかかって肌を滑っていった。

恥ずかしさで震えると、彼もまた一糸まとわぬ姿で、テレーゼと肌を合わせてくる。

「僕の可愛いテレーゼ」

「んっ………」

トクントクンと触れている肌から心臓の音が伝わってきた。

ステファンの鼓動も随分と速い。

追いかけて、重なって、再びテレーゼのほうが早くなっていく。

「あ、の……なにか足に、あ、当たって………あっ!?」

舞踏会での夜のことを思い出して、テレーゼは身を固くした。

持ち主こそ違うが、これが彼女の身体を貫いたのだから――――。

「心配ないよ。恥ずかしくも、痛くもない格好を僕は知っているから」

――恥ずかしくも、痛くもない格好……？

ステファンがぎゅっと片手でテレーゼの肩を抱き、横を向かせる。

「あっ……」

ぐらついた身体で横を見ると、ガイと目が合ってしまう。

「なんだ、俺がいいのか？」

「えっ……違……っ、あっ……！」

ガイがテレーゼの両腕を引くのと、ステファンがテレーゼの下半身を持ちあげるのは同時だった。

膝で立ち、尻が天井を向いてしまっている。

まるで、背伸びをした猫のようだ。

「や……だっ！　ひゃっ……んっ……」

露わになった秘所に温かい感覚が襲ってくる。ステファンが顔を膣肉へと埋《うず》め、舌で媚肉《びにく》を割りなぞっていく。

「あっ……んんっ！」

――へん、変な感じ……足に力が入らない……。

「ま、待っ……あっ……な、に？」

ガイの手を払った拍子に、ぐらついたテレーゼの片手が何か熱くて硬いものを掴んでしまい、固まる。

いつの間にかステファンの下半身も一糸まとわぬ姿になっていた。

そして、テレーゼが握ってしまっていたのは――ドクドクと脈打った熱い肉茎で……。

――こ、これは……。

「舞踏会の仕返しに、俺のをいたぶってみるか？　言っておくが、折れないぞ」

「きゃっ!?」

くすっとガイに笑われて慌てて手を放す。

けれど、下半身はステファンに吸いつかれているので、テレーゼは四つん這いに手をついて身体を支えることしかできない。

「こんな……格好――――」

「獣はこうやって愛を育《はぐく》むだろう？　一番痛くなくて、スムーズなんだよ。羞恥心《しゅうちしん》も何もかも……かなぐり捨てるから……気持ちいい。んっ……ちゅ……ほら、君のここ、ひくひくしてる……」

――――嘘っ……。

テレーゼは耳まで真っ赤になった。

そんな羞恥にかまわず、ステファンの舌が何度も柔襞《やわひだ》をねっとりとなぞり、時々くちゅんと恥ずかしい音を立てていく。

「あっ……ああっ……ん、舐めたら……ステフ……アン、あっ……ふぁ……」

「顔だけじゃなく、胸も桃色に染まっているな。俺を誘惑しているのか？」

身をよじった時に揺れた乳房に、ガイの双眸が細められる。

ごつごつした大きな手が、テレーゼの胸へと延びてきて、彼は彼女の横に寝転んだまま、五指で激しく揉む。

「んっ……ふぁう……ガイ……」

下半身から快楽が這いあがり、上半身からは甘い痺れが広がっていく。

翻弄《ほんろう》されて、何もかもわからなくなってしまう。

「あ、ぁぁああ……んっ！」

ぬるりとした感覚があり、淫層に何か柔らかくて熱いものが入ってきて、様子を窺うようにして出し挿《い》れされる。

ちゅっちゅっと顔を覆ってしまいたいような音が、自分の身体から聞こえていた。

――何かが、はいって……。

――私の身体……どうなってしまっているの……？

「あっ！　なっ……い、れない……で……」

「んっ……ちゅっ……ただの僕の舌だよ。挿れないのは無理だよ、だって……ふっ、ちゅ……こんな――に……んっ……愛液が溢れてくる……蓋をしないと……ちゅ……」

ステファンが漏らしてかかる息すら官能的に蜜壺《みつつぼ》を刺激していく。

「ひぁ……んんっ、ふっ……あっ、うう……あっ……」

抜き差しされる舌が深くなった気がする。

彼は執拗なまでに膣襞を愛蜜で滑らせていった。

「もう……あっ、ああっ……んっ――ん、っぅ……はぁ、はっ……あぁ……」

膝がガクガクした。息が獣のように荒くなり、絶え絶えになってしまう。

けれど、俯くことをガイが許さなくて――。

「お前のよがった顔を、もっとよく見せろ」

テレーゼのピンと立った乳房の赤い蕾を、片方の指で転がすようにいじりながら、もう片方を彼女の頬へ置きガイが見つめてくる。

——どんなふうになっているかわからない、乱れた顔を……見ないで……。

——恥ずかしい……恥ずかしいのに——。

羞恥でますます顔が熱くなり、身体が敏感になっていく気がした。

恥ずかしい場所も表情も、隅から隅まで、見られてしまっていることに、卑猥さが増していく。

——見られている……全部……。

意識すればするほど、淫靡な戦慄《わなな》きがびくびくと身体を支配していく。

「——ねぇ、そろそろ……かな？」

呟くようなステファン余韻のある声が耳に残った。

こんなに何もかもわからない快楽に呑まれているのに、微かな響きがどうして——耳に残る……？

そんなことが脳裏をよぎった瞬間、灼熱《しやくねつ》に貫かれた。

「あああっ……！　なっ、に……あっ……ううっ……ステファン……ああっ……」

「ほら、挿《はい》ったよ——」

彼がテレーゼの秘所へ、背後から肉棒を挿し込んでいた。

「まだちょっと入口が固いけど……こうすれば、ほぐれるか……らっ」

「ふぁぁぁうっ！　あっ、あんっ……んんんっ……」

ステファンがゆるゆると腰を振る。打ちつけられたわけではないのに、動かされるたびに嬌声が口から零れてしまう。

さっきまでの羞恥に満ちた気持ちよさとは別の、かき乱される快楽……。

「やっ、あっ……ん、んんっ……へん、へん……っ！」

「テレーゼ、変じゃない。気持ちいいって言うんだよ……っ、僕は……っはぁ、こんなに気持ちいい……気持ちいいよ、テレーゼ」

――気持ちいい……？

色気のあるステファンの声が、テレーゼの背後からさらなる淫靡さで襲ってくる。

――ステファンが気持ちいいって言ってる……とても、蠱惑的《こわくてき》な声で……。

「き、もち……いい……？」

彼の言葉を真似して口にすると、ぐんと身体の甘い痺れが強くなった気がした。

「つぁ……はぁ……気持ち……い……んんっ、うそ……あっ、あぁっ……！」

「嘘じゃないよ、テレーゼ……痛くない、こんなに奥まで僕を呑み込んでいる。君はちゃんと咥え込んでいる……っ、ああ、まだ奥まで行けそうだ」

ステファンが腰を押しつける感覚、ぐりっと淫層が割られて、媚裂が肉杭を呑み込んでいくのを感じる。

「あああぅ……んっ、あっ……だめ……変になる、本当に……あっ、あっ、あああっ！　ん、ふぁあああ――――っ……!?」

膝だけではなく、腕も腰もガクガクと震えた。

抽送《ちゆうそう》が速くなり、身体ごと前後に揺さぶられていく。

「んんっ……あっ、あ――――そこ……駄目……」

一段と敏感な襞を、えぐるような角度でずんずんと突かれてしまう。

「僕と君は……はぁっ……ぴったり、だね。君に包まれて腰ごと囚《とら》われてしまいそうだよ」

「あっ……あああっ……！」

ステファンが今度は突き入れるように、腰を押しつけてくる。

「ふぁぁぁんっ！　あ……あああっ……」

蜜壷が彼でいっぱいになってしまい、切ない喘ぎが漏れた。

「ここ？　奥がいいの？　テレーゼ……君の中、最高だよ……ああ……」

いつの間にかテレーゼの腰をステファンが摑み、引き寄せながら打ちつけていた。

「も、う……あっ、ステファン……だめ……あっ、せりあがって……ん、んんっ、きて……あああ――――っ！」

白い火花が頭の中で弾けて、テレーゼはがくりと崩れ落ちる。

「奥をつつかれてイッちゃった？　ふふっ、僕も最高の気分だ……」

ステファンがぐったりと倒れたテレーゼを、宥めるように抱き起こす。

じっとりした抱擁に、粟立《あわだ》った肌が、汗ばんでいく。

「はぁ……あぁ……」

彼の腕の中で息をつこうとしたその時、新たな響きがテレーゼの耳へ届いた。

「だいぶ待ったぞ。そろそろ俺を咥え込めるようになったか？」

「え……っ……？」

ガイが頭の後ろで腕を組み、寝そべったまま優位の笑みでテレーゼを見ている。

シーツがまくれあがった彼の下半身には、目を逸らしてしまいそうなほどの欲望が雄々しくそそり立っていた。

「う……そ……待っ……」

「さて、僕がエスコートしてあげる。イッた蜜で溢れている今のうちに、ね？」

——ステファンの言葉の意味がわからない。

——まだ……何か……え……っ。

「ん……んんっ……？」

身体に力が入らず、テレーゼはステファンに誘われるまま、ふらふらとベッドに仰向《あおむ》けで待っているガイの上へと跨った。

テレーゼの近くに寄り添うようにステファンの顔がある。

ガイの様子はテレーゼが背を向けているので見えない。けれど、下肢に熱いものか当たり、ぴくんと反応した。

「もう、怖くないよ……」

ステファンはテレーゼの横につき添うように顔を合わせ、テレーゼの肩を持って腰を浮かせてくる。

狙いを定めるみたいに、ステファンがテレーゼの頬にキスをしながら動かしていく。

「さっ、座って？」

――座……る？

テレーゼは、重力に引かれてそのままへたり込んだ。

「ん――あっ、ふぁ……やっ、あっ……ひぁっんんんっ――!?」

途端に、めりめりと柔襞がガイの肉棒を呑み込んでいく。

テレーゼは彼の上に跨がり、ひときわ甘い嬌声を上げた。

「う、あぁ……うっ……んんっ、挿らな……はぁっ……んっ……」

「いい格好で入っていくぞ、手伝ってやろうか」

ガイがズンと腰を突きあげる。そのひと突きだけで……。

「ああうっ!?」

テレーゼはわけのわからない快楽に襲われ、あっという間に達した。

ひくひくと力をなくしていく媚裂から、とろみのある絶頂の愛液が零れて、ガイをより深く受け入れていく――。

「あ……ああっ……も、う……もぅ……はぁっ、あああ……はぁ……」

達したテレーゼの身体を突きあげるように、ガイが腰を振りぐりぐりと擦りつけてくる。

「ま……待……っ、あっ、あああ……っ！」

絶頂の中で新しい白い火花がより大きく散り、きりのない快楽の大波に流されていくみたいだった。

「……っ、んんっ……」

そんなテレーゼの身体が、本能的に浮き、腰が引ける。

「逃げるのはまだ早いよ、テレーゼ。おあずけを食らったガイに、最後のご褒美をあげたら？」

ステファンがさっきよりも強くテレーゼの肩を持ち、突然揺らし始める。

「ふぁあっ！　んっ、んんっ……!?」

ずぶずぶと蜜壺がガイの熱杭を奥まで呑み込み、淫層がきつくまとわりついていく。

逃れられない官能がせりあがり、意識が飛びそうになる。

「ひぁっ……な――っ、あっ、ああっ……ふぁぁっ！　あっ、あっ、あああっ！」

テレーゼの背後で、ガイが低く呻いた気がした。

何度も達する快楽の波の中で、テレーゼはもがきながら…………反芻した。

『まいったな。僕のことが――――気になるの……？』

――――はい、ステファン。

せっかく後見人になってくれたのに……上手くできなくてごめんなさい。

『――――今日会った奴らより、俺が素敵だとお前は言うのか』

『……俺のことが、気になるのか？』

――――そうです、ガイ……。

強烈な存在感に、何もかも、かすんでしまうから、

身体を重ねたら、悩んでいたことが恍惚の彼方へ飛んでいってしまった。

恥ずかしくていけないと思うのに……気持ちよくて……。

そう――――気持ちよくて……。

獣みたいでも、ずっとそうしていたくて……。近くで感じたくて……。

もっともっと、二人のことが気になってしまう――――。

羽根の淑女になった時から、何かがすっかり変わってしまっていた。

【第三章】価値観と誠実な贈り物～激しい年上富豪

セレネに起こされて目覚めると、翌朝になっていた。

ガイとステファンが夜になって優しくテレーゼの瞼《まぶた》にキスをして帰っていった感触を、目を閉じて再び思い出す。

いけない……とわかっていても、つい記憶を反芻して頬を染めてしまう。

朝食の席へ向かうと、ロミルダが先に席へ着いていた。

「……おはよう、ございます」

少し気まずくて、小声で挨拶をして料理に目をやる。今、話し込んだり視線を合わせてしまったら、何もかも見透かされてしまいそうだから。

「昨夜のオペラは楽しかったわ。あなたはよさそうなお相手が見つかったの？」

「いいえ……とてもよくしていただいたのですけれど」

テレーゼが、せっかくのチャンスを無駄にしてしまった。

「あらそう、だったらクビにして正解だったかしらね。彼らはもうここへは来ません。訪問を断りましたから」

「どうして……！　叔母様っ……」

もう来ないと聞いて、テレーゼはついむきになった声をあげてしまう。

その表情をロミルダにじーっと見つめられた。

「なぜ、むきになるの？」

「それは……せっかく、色々と……してくださっているのに」

――どうしよう、昨夜のことが叔母様にばれてしまった？

「確かに資金もコネクションもいただいたし、あなたの社交界での知名度もあげてくれました。ただ、彼らが家に出入りしていると聞けば顔を顰《しか》める方も少なくはないでしょう」

「でも……最初は放蕩貴族でも改心していれば、後見人になってくださってもいいって
……」

テレーゼはロミルダを見つめた。

叔母の口ぶりは彼らとの関係を疑っている様子はなかった。もっと、さっぱりとした……成りあがった者を一方的に貶《おとし》める口調。

「後見人らしからぬ行動が問題です。昨日のオペラで彼らの評判を聞いたのですけれどね。

なんでも後見人のくせに、あなたとお相手の邪魔をしたとか？」

「わ、私が何か恥ずかしい失敗をしそうだったから、先に引き離してくれただけです」

――私が相手を決められないせいで、彼らの評判が悪くなってしまうなんて。

「次は頑張ります……私は、彼らの助けがないと、お約束もまだ上手く取りつけられません し、助言もいただきたくて……」

口にしながら、不自然に彼らをかばって、より――ロミルダの不審を買っていないか と思ってしまう。

「随分とあの放蕩たちをかばうのね？　心配は無用よ。彼らは手紙が続くように手配をして くれたし、招待状も今シーズン分はたくさんいただいているの。ドレスもたくさんあるし、 馬車の支度代も、何もかも十分なお金がありますからね。彼らは用済みでしょう？」

「お金とコネクションだけもらって……用済みだなんて、ひどいわ。彼らに同じ言葉で告げ たの？　叔母様……とても失礼だと思います」

――来てくれなくなるのは嫌だけれど、そんな失礼は許されない。

テレーゼの反発に、ロミルダは眉《まゆ》を吊りあげた。

ややあって、嘲《あざけ》るように口を開く。

「放蕩貴族がわたくしの屋敷に出入りすること自体が間違っているのです。彼らは欲望と自 由の虜。よく考えれば、簡単に改心できるものではありません！　ガイ・ブロウディはここへ来て女遊びはぴたりとやめましたが、伯爵家次男のくせに、未だに貿易会社を経営しているのですよ」

「働くことの何がいけないの？　働いてお金を稼がなければ、屋敷や領地を維持することも、社交界に出ることもできないのに」

ロミルダが彼を蔑む意味がわからない。

お金がないために、両親はすべてを失おうとしているのだから。

「貿易会社なんて後ろ暗いことをやっているに決まっています、乱暴者の労働者を多く雇っているし、危険極まりないわ！」

「…………叔母様」

何を言っても聞く耳を持たないといった様子のロミルダに、テレーゼは消沈した。

ガイをかばいたいけれど、自分もそれほど彼のことを深く知らないと気づいた。

「っ、だったらステファンは？　彼の姿や振る舞いはとても洗練されているし、もう爵位も継いでいるのに……何がいけないのですか？」

「ステファン・ランカスターは、あなたにかかりきりの時は、悪い遊び仲間とは手を切っていたみたいですけれどね。あろうことか、賭博場《とばくじょう》に逆戻りですよ。前は常連、また通い始めたのでしょう。キャンブル癖だなんてみっともないったら！」

「な、何か理由があるのかもしれないわ……」

理由と言ってはみたものの、ギャンブル癖がわからないので、次の言葉が見つからない。

――ステファンの事情も……何一つ知らない。

あれほど自分のために色々としてくれていたというのに、二人の過去や事情をテレーゼはほとんど知らなかった。

「理由なんてわたくしたちにはどうでもいい話です。話題にするだけ汚らわしい、おぞましい……彼らは貴族社会になじめないプレイボーイや乱暴者なのですよ。援助を受けただけで十分です」

「それを……人の噂だけで決めつけるのは、とても失礼なことだと思います」

テレーゼは朝食の席を離れた。

もう何も食べたくなかったし、彼らの悪口も聞きたくない。

ロミルダの無礼を謝りたかった。

「…………っ」

何よりも……。

彼らのことがもっと知りたくなっていた。

会いたかった――。

テレーゼはレースが幾重にもついた訪問用の水色のドレスに、ラピスブルーのフードつきのケープを羽織り、馬車に乗り込んでいた。

手紙を書くと部屋に引きこもり、叔母が出かけた隙に、屋敷を抜け出したのだ。

侍女のセレネも連れず、御者に港へ行ってくださいと行き先を告げる。

まずはガイへ会いに行こうと考えていた。

彼のことで知っているのは、初めて会った時に聞かされたことだけ。

『俺はガイ・ブロウディ、伯爵家の次男で貿易会社を経営している。働く貴族が嫌なら、後ろの部分は記憶から消してくれ』

貿易会社の経営をしている——港に行けば会えるのではないかとテレーゼは考えた。

安直すぎるかもしれないけれど、この近くで大きな港町は一つしかなかった。

会えなくても、彼の名前を出せば、噂ぐらいは聞けるかもしれない。

そこからガイのところにたどり着ければいい。

社交に関すること以外で、テレーゼが屋敷を出た経験はほとんどなかったけれど、たとえ後でロミルダに見つかり、ひどく怒られたとしても、彼を見つけ、彼と話がしたかった。

二人に会えたのがあれっきりだなんて、思いたくない。

馬車が止まり、御者が扉を開ける。

震えている手を押さえ、テレーゼは港町に降り立った。馬車は、迷ったけれど屋敷に帰す。帰りは乗り合い馬車を捕まえればいい。

こっちに来てからはなかったけれど、アンドルース家の田舎の屋敷にいた頃は普通のことだったから、できるはずだ。

何かの時にと両親から渡されたお金が少しだけあった。ロミルダに愛想を尽かされた時に、帰るお金にと、密《ひそ》かに思っていたのだけれど……。

「一体、どこから……」

港町の入口に立ったテレーゼは、まずどうしていいのかわからずにため息をついた。

立ち尽くす彼女の横を、ひっきりなしに人が町へ出入りしている。

人だけでなく荷物をたくさん積んだ商人や乗り合い馬車も通り、屋敷のような静寂は一時もない。

喧騒《けんそう》と活気に――溢れていた。

――まずは……海のほうに行ってみよう。

その様子に圧倒されながらも、テレーゼは自分でぱんっと頬を叩いて気合いを入れると、遠くに見える港に向かって歩きだした。

驚くほどたくさんの荷物を運ぶ人と何度もぶつかりそうになる。そのたびにテレーゼは頭を下げ、謝った。

「これが……港……!?」

町の中心を歩いていくと、開けた場所に出る。

船がいくつも浮かんでいるのが見える——港だ。

そこはさらに活気に溢れていて、人々が慌ただしく船から荷物を降ろし、また積み込んでを繰り返していた。

今までのテレーゼの生活とは時間の流れが違うような、そんな感覚を覚える。

船に乗ったことはないし、これほど大きな港を訪れたことがなかったので、しばらくその風景に目を奪われた。

——はっ！　ガイのことを聞かないと……。

左右を見渡すと、海に面して煉瓦造りの建物が並んでいた。

ぴったりと隙間なく、同じ姿の色だけ違うものがずらりと建っている。

一階はほぼ柱だけになっていて、馬車が直接乗りつけられるようになっている荷降ろし場になっているみたいだ。

それでも建物の持ち主ごとに壁の色や掲げた紋章が違う。

目立つようにするためか、色合いはどれもカラフルで見ているだけでも楽しい。

なるべく邪魔にならないように建物を見て回り、休憩している人を見つけると、テレーゼはおそるおそる声をかけた。

「すみません。ガイ・ブロウディという人を探しているのですが」

エプロンをした恰幅《かっぷく》のいい中年女性が顔をあげる。

テレーゼの姿を見ると、驚いてじっくり見られたけれど、丁寧に応えてくれた。

「ここから三軒先の建物、四棟がぶち抜きになってる一番大きなのが彼の事務所だよ。なんだい？　親戚か何かかい？　よく紳士は訪ねてくるが、あんたみたいな令嬢が訪ねてきたのは初めてだねぇ」

――よく訪ねてくる人がいる？

「教えていただき、ありがとうございます」

応えてくれた女性の言葉に引っかかるも、いきなり彼の居場所がわかった幸運に感謝して、その場を後にしようとする。

しかし、テレーゼはすぐに足を止めた。

「あの、よろしければガイ……ブロウディ様のことを教えていただけないでしょうか？」

知りたいと思った。知らなくてはいけない気がしていた。

だから、勇気を振り絞ってみる。

はじめはいぶかしげに彼女はテレーゼを見たけれど、やがてニッコリと気持ちのいい笑顔になって、口を開いた。

「お嬢さんは、どう見ても探偵とか新聞社のたぐいじゃあないわね。いいよ、ちょうど荷の到着が遅れて暇してたんだよ……そこ、座りな」

「すみません、失礼します」

椅子、ではなく椅子代わりの小さめの樽《たる》を勧められる。

「そうだね〜、どこから知りたいんだい？」

「できるだけ……知っていること全部を教えてはくれませんか？」

「いいよ、荷が着くまでの間ならね」

頷くと、彼女は楽しそうに語りだす。彼女は噂好きだった。

彼女が言うには、ガイは腕利きの貿易会社のオーナーらしい。

最初は小さな貿易会社だったけれど、数年でこの港一番の貿易商にのしあがった。

テレーゼのことを少し警戒していたのは、よく彼のもとに金を工面しに貴族の男性が訪れるからだそうだ。それが誰なのかまでは知らないそうだ。

「あと……色々と悪い噂は耳にするね。そういった話は成功するとついてくるもんだから、どれが本当で、どれが嘘かはわからないんだが……」

自分をガイの関係者と思ったのか、彼女が口ごもる。

「それでもかまいません。教えていただけませんか？」

頭を下げて、お願いする。どんなことでもガイのことを聞いておきたかった。

「なら……直接聞いてもらったほうがいいだろうね」

「……？」

どういう意味かと訊ねようとする前に、女性が大声を張りあげる。

「ほら、手の空いてる奴はこっちへおいで！　お嬢さんがガイ・ブロウディについて聞きたいんだとさ！　どうせ気になって仕方ないんだろ？」

建物中に彼女の声が響く。

突然の大声にびっくりしていると、わらわらと男たちが寄ってきた。

テレーゼは必死で気づかなかったけれど、二人の会話に聞き耳を立てていた人たちが何人もいたようだ。

ドレスを着た令嬢が突然やってきて何やら話し込んでいるのだから、当然のことだった。

「あいつは金にうるさい。守銭奴《しゅせんど》でケチだ」

「短気で気に入らないヤツはすぐに首にするって聞くぜ。部下や従業員にも厳しいって」

「でも、儲《もう》けてるんだよな、あの商会はよー。儲けた金で悪い遊びをしまくってるらしい」

「この間、病気で働けなくなった従業員を残酷にも首にしたって聞いたなぁ。あいつここのところ見てないしよ。かわいそうになぁ」

数人の男性がテレーゼを囲み、あれこれとガイの噂話を聞かせてくれる。

どれも悪いものばかりだった。

「さっきも言ったが、噂なんて尾ひれがついて面白い方に転がるもんさ。こいつらから聞いたことが全部本当だなんて思わないことだよ」

心配した女性がテレーゼに耳打ちする。

頷くと、また男たちの声に耳を傾けた。

借金が払えないと容赦なく取り立てていく。暴力的で、喧嘩《けんか》や脅しはしょっちゅう。

本当は耳をふさぎたかったけれど、ガイを知るためにテレーゼはじっと聞いた。

すると、自分よりもずっと若い男の子が声を張りあげる。

「そんなことないよ！　ガイさんはいい人だよ！」

一瞬、辺りが静かになる。

「本当だよ！　俺の兄さんがガイさんの下で働いてるんだけど、両親がいない俺たちに、とてもよくしてくれてるんだ。妹が病気の時は仕事を休ませてくれるし、薬もくれた。兄さんから色々聞いてるし……」

顔を真っ赤にしながら、少年が話す。

テレーゼは駆け寄ると、彼の手を取った。

「よかったら、もっと詳しく教えてくれない？」

「いいよ。キレイなお姉さん」

大きく頷いて、先ほどまで聞いた悪い噂を少年が一つずつ否定していく。

「ガイさんは見た目と違ってとっても優しいんだ。金にうるさいのは利益を出すためにきっちり仕事をしてるからさ。部下に厳しいのも仕事に関する時だけ、生活については、すごく気遣ってくれる。俺も学校に入らないかって言われたし。でも、家には妹もいるから、お金がないし、ここの親方には恩もあるからって断って……」

必死にしゃべる少年の話に相づちを打って、丁寧にテレーゼは聞いた。

先ほど聞かされた悪い噂は、すべて一方から見たものでしかないことがわかった。

首にしたのはお金を盗んだ者、罪を犯した者。仕事を守るには仕方のないこと。

悪い遊びにお金を使っていると言われていたけれど、実際には従業員の面倒をみるためにお金をあちこちで使っていたらしい。たとえ本人でなくとも、病気で働けなくなると治るまで休ませ、その分の給料を払っていたこともあったそうだ。

「……ガイさんは僕のあこがれなんだ。僕もああなりたい！」

最後に少年がそうつけ加える。

「ありがとう。たくさんお話ししてくれて」

「いいよ。だって、ガイさんを知って欲しかったんだもん」

恥ずかしそうに少年も持ち場に戻っていく。

彼が話してくれたことも一面でしかないのだろうけれど、それでも子供に好かれているのはとても嬉しかった。胸が温かくなる。

テレーゼは、話してくれた人たち全員にお礼を言って回ると、建物を出た。

そして、教えられたガイのオフィスに向かう。

そこには多くの人々が働いていた。どこよりも活気に満ちていて、荷物が次々に運び込まれて、また出ていく。

すぐに彼を訪ねず、テレーゼは少し遠くからその様子を眺めていた。

——事業をすることが、仕事をすることが……多くの人に幸福を与えることなんだ。

貴族の価値観にはない、働く素晴らしさにテレーゼは気づいた。

ガイのオフィスで働く人は、誰も生き生きしていた。

生きる気力に溢れている。

彼の家族がこの仕事で生活でき、幸せを手にすることができる。

働かなければ、ガイの事業がなければ、彼らは職にあぶれ、路頭に迷うかもしれない。

それこそ、没落しつつあるアンドルース伯爵家そのものだった。

——仕事をすることをもっと誇るべきよ。そして、していないことを恥ずべきだわ。

ガイに会ったら、そう伝えようと考えたその時、ちょうどよく彼の姿が入口に現われた。

彼は肩幅のある鉛色のジャケットの中に鈍色《にびいろ》のベストを着けていて、ひと回り大きく、少し怖そうにも見せている。

従業員たちが手を止めて、口々に挨拶する。ガイは手を止めなくていいと合図して、今届いた荷を自ら確認し始めた。

「ガイ……」

彼のことを、彼以外から聞いたからだろうか。

なんだかその野望溢れる横顔と鳶色の瞳を懐かしく感じた。

ついこの間、ガイと会ったばかりのはずなのに。しかもあれほど近くで……。

最後に会った時のことを思い出し、頬が熱くなるのを感じた時だった。

「お嬢さん、こんなところになんの用だ？」

ザッザッと底の硬い靴の音がして、見るからに柄の悪そうな男が三人、テレーゼのほうへ近づいてきた。

「なんでもありません。失礼します」

身の危険を感じ、すぐにその場を立ち去ろうとした。けれど、男のうちの一人に行く手をふさがれてしまう。

「こいつだぜ、ガイのこと聞いてた女は」

「お前、あのクソヤロウのなんだ？　情婦か？」

男たちが徐々にその輪を狭めてくる。

「違います。私はガイの……」

なんと言っていいのかわからかずに、テレーゼは口ごもった。

後見人の役を解かれてしまっては、ガイともう接点はない。

友人などとは言えない。

「間違いねぇ、ヤツの女だぜ。これで一泡吹かせられるな」

「……！」

はっきりとは言わなかったけれど、テレーゼを捕まえ、ガイの何か不利益になることに利用するつもりなのはわかった。

「彼に何をするつもりなんです？」

「アイツには仕事を首にされたんだ。ちょっと品物を拝借しただけでよー。だから、仕返ししてやるんだよ。そうだなー、商会の全権利とお前を交換、なんていいかもな」

――滅茶苦茶《めちゃくちゃ》だわ。

こんな人がガイの仕事を邪魔したり、貶《けな》したりするのが許せないし、これ以上自分のことで彼に迷惑もかけたくない。

男たちと距離を取ろうと後ずさったけれど、テレーゼに逃げ場はなかった。

後ろはもう海で、前には三人の男たち。逃げるには飛び込むしかない。

それも仕方ないと思いながら、男たちにテレーゼは向き直った。

「こんな立派な仕事をしている人の足を引っ張るなんて、貴方たちは恥ずかしくないのですか？　自分たちがやっていることの愚かさがわからないのですか？」

「何言ってやがる……いいから、こっちへ来いよ、可愛がってやるぜっ！」

――――ガイ！

伸ばされた男の手から逃れるため、海へその身を投げようとしたその時、黒い影がすごい速度で走り寄ってきた。

それは男たちを突き飛ばすと、さらに落ちていくテレーゼの腰を掴み止めて、ぐっと引き寄せる。

「……え？」

目を瞑《つぶ》っていたテレーゼは、広く逞しい男の胸に抱かれていた。

顔をあげると、光り輝く金髪が海風になびいていた。

「ガイ……！」

「おまえら俺の女に手を出そうとして、ただで済むと思ったのか？」

いつものような他人に響かせる声ではなく、低く地を這うような彼の声。

それは大声で威嚇するよりもずっと効果があった。

「な、何もしてねぇよ！　まだ……」

捨て台詞《ぜりふ》を言って、三人の男たちは去っていく。

その間も、ガイはぎゅっとテレーゼの身体を強くその太い腕で抱きしめていた。

「ガイ……ありがとう」

「いいや、助けに来るのが遅くなってすまない。まさか、お前がここへ来るとは思わずに、見間違いだと一度は思ってしまった。お前に会いたいがための幻なんだと」

もう大丈夫だとガイに伝えたけれど、彼はテレーゼの身体を放さない。

「だが、その声を聞いて本物だと気づいた。ごろつきたちに凛とした態度で俺をかばったお前に、心が震えた。すまない、お前に怖い思いをさせた俺を許してくれ」

ガイの言葉に、テレーゼは首を横に振った。

「許すも何も……謝るのは私のほうです。そのために来ました。叔母が失礼なことを言って、貴方たちを追い出してしまって。あんなによくしてくれたのに、ごめんなさい。許してくださいなんておこがましくて言えません」

「いや、何を言う？　お前が謝ることなど欠片《かけら》も――ふっ」

二人して、許して欲しいと言っていることに気づいて笑顔になる。

「これでは話が終わりませんね」

「お相子《あいこ》ということだろうな」

ガイのその笑顔は今までで一番自然で、格好よかった。

「貴方に会うまでの間、貴方の話を聞いて、お仕事も見てきました」

「……ん？」

テレーゼが何を言おうとしているのか疑問に思ったようだけれど、ガイはそのままじっと聞いていてくれた。

「叔母は貴方が仕事をしていることを蔑んでいましたが、はっきりそれは違うと気づきました。貴方の仕事は素晴らしいことです。そして働くということも。働かないことこそ、恥ずべきことです。貴方は貴族社会でも、もっと認められるべきだわ」

襲われかけたこともあって興奮していたテレーゼは、彼に伝えたかったことを一気に口にしていた。

「…………」

ガイは言葉を失っているようだった。

しばらくしてテレーゼの身体を胸元に再び引き寄せ、抱きしめる。

「すまない。しばらくお前の身体を抱かせてくれ。この柔らかな羽根に触れていたい」

「……ガイ？」

彼は少し泣いているようにも思えた。

その泣き顔を隠すかのように、テレーゼの顔を胸に押しつけてくる。

「誓って誰かにそう言って欲しかったわけじゃない。だが、お前に言われて救われた気がする。今までやってきたことが正しかったとはっきりわかった」

「ガイ……」

彼はテレーゼの身体を解放し、代わりに頬に手を添えた。

そして、ゆっくりと顔を近づけてくる。その瞳は潤んでいて……。

「ん、ん……」

今までで一番優しいキスをされた。

心が痺れてしまいそうなほどの、気持ちがこもった口づけ。

思わず全身の力が抜けそうになる。それをガイはまた抱きしめて、支えてくれた。

「俺は伯爵家の次男として生まれた……」

やがてテレーゼを抱いたまま、ガイは自分の身の上を話してくれた。

「領地を貸し与え、搾取するだけの貴族の生活が俺は小さい頃からどうにも気に入らなかった。きっと退屈だったんだ。ふんぞりかえっているのが」

ガイらしいと思った。

きっと彼の野望に満ちた鳶色の瞳は、貴族の生活になど満足しないだろう。

「だから、小遣いを元に俺は小さな商売を始めた。両親や友人たちは止めたがな。だが、思いのほか俺には商才があったらしい。事業は大きくなり、利益も増えていった。別に金に執着はなかったから雇っている奴らのために使った。それが一番いい金の使い道だと思ったからだ。それでも金は余り、増え続ける一方で困った。だが――――」

彼の表情が険しくなる。何かに苦しめられていた。

「今度は俺の実家が傾き始めていた。もちろん援助した。親戚も含めてな。これで金に対する認識を変えてくれればと思ったからだ。苦しんだのだろうから当然と……だが違った」

――ガイのもとをよく訪ねてくる紳士って……。

今日聞いていた話と、彼の話が繋《つな》がっていく。

「親父《おやじ》たちは俺を便利な金蔓としか思わなかったんだ。貿易などといった後ろめたいことで金を稼いでいるなら、こちらに渡して当然だろうと……以来、俺は信じられなくなった。親を兄を、人を……」

彼の両親の考えは、ロミルダと同じだった。

働くことを悪いことだと思っているのに、そのお金を受け取ることになんの疑問も抱かない。使って当然と考えている。

こんなに自分の時間と才能、それにリスクを追って一生懸命に働いているのに。それを彼らは知らない。

一度見せてあげればいいのでは？

働いているところを。お金を稼ぐのが大変なことを。

そう口にしようとして、テレーゼはハッとした。

たぶん、古い概念に囚われている人にはきっとわからないのだ。おそらくガイの父や親戚たちもお金の工面にここへ来ているのだから知らないわけではない。

その目には働く人の姿は映らないのだろう。

悲しいと思った。理解してもらえないガイも、理解できない彼の両親も。

気づいたら、テレーゼの目からも涙が零れ落ちていた。

「俺のために泣いてくれるのか？」

「ごめんなさい。なんだかとても悲しくて」

彼が親指で濡れた頬を拭《ふ》いてくれる。

「テレーゼ……」

そして、もう一度愛しいキスをくれた。

どのぐらいそうしていただろう。

温かい腕と胸に抱かれて、ガイとテレーゼは抱き合っていた。

やがて、締めつけを解くと彼が照れくさそうに呟く。

「テレーゼ、少し歩かないか？　俺の仕事場を見て欲しいんだ」

「……ええ」

帽子屋で言われたのと同じような言葉。でも、二人の気持ちの距離はまったく違っていた。

ガイの仕事に興味を持ったテレーゼに、彼は丁寧に説明しながらその様子を見せてくれた。

馬車や船から運び込まれる品物の数と品質をすべてチェックし、次にどこへ運び、どこへ売るのかを決めていく。

相場や天気、流行から国家間の情勢、祭りや王族の婚礼などの特別な事情など、商品を動かす時に加味しなければいけないことは山のようにある。

すべてを把握し、売りさばくのはさながら高度なゲームのようだった。

そして、ガイはこの貿易という仕事で常に安定した利益を出し、多くの従業員を幸せにしていた。

時折質問を交えながら聞いていたテレーゼをガイが最後に案内してくれたのは、建造中の船だった。

「本当に入って大丈夫なの？　壊れたりしない？」

「外観の塗装や中に積み入れる設備を除けば、ほぼできているからな問題ない」

彼に導かれて、ドックと呼ばれる船の整備施設から通されたハシゴを渡り、船の中に入っていく。

「私、初めて船に乗ったわ」

初めての体験に、はしたないとわかっていても心が躍ってしまう。

「そんなに喜ばれると案内した甲斐があったな。だが、これは商品を運ぶ用の船で、人を乗せる客船とはまた違うぞ」

「そうなの？　こんなに広いのに？」

船の中ということで一部屋ごとは狭いけれど、船室の数には驚かされた。

「ここは？」

「船長室だ。入ってかまわない」

突き当たりの立派な紋章のある扉を指差す。

入ると、地図を置く大きな机と最新の羅針盤が設置されていた。加えて生活する一式のもの――タンスや執務机、ベッドなどが置かれている。

その一つ一つが興味深くて、ゆっくり見て回った。

「これは何？」

壁から鉄のパイプが何本も出ていて、曲がりくねってベッドの側《そば》にまで伸びていた。先端には開閉式の簡単な蓋が取りつけられている。

「こうして開けてしゃべると、声が甲板や操舵室《そうだしつ》に届く。船長室だけは主要な場所すべてと話せるようになっている」

「すごいわ。緊急時に、これで船長とすぐに連絡が取れるのね」

初めて見るものに興味を奪われ、パイプを閉めたり覗き込んだりしていた。それからふと視線を落とすとそこにはベッドがあった。

すでに真新しいシーツが敷かれ、綺麗にセッティングされている。

ドクンと鼓動が跳ね、すぐに頬が赤くなる。

この間、彼らに抱かれた時の熱が残っているかのようで……。

「ええっと……」

ごまかそうとしたけれど、テレーゼはいきなり後ろから抱きしめられてしまった。そのまま彼の手が先ほどの連絡用のパイプの蓋を閉じる。

キーンという金属質な音が、やけに響いて聞こえた。

「お前が欲しい」

熱い吐息とともに耳元でガイに囁かれる。

「今すぐ抱きたいんだ、テレーゼ」

返事を待つことなく、ガイの腕はテレーゼの身体をベッドに押し倒した。

優しいキスをされた時からその予感はしていたのだけれど、今のテレーゼには彼から逃れることなんてできなかった。

今のガイはとても優しくて、儚くて、愛しくて。

身体を重ねることが嬉しいと感じてしまっていた。

淫らなことだとわかっていても、彼の行為を止められなかった。

「ガイ……あ……んぅ……！」

ベッドで横になったテレーゼを後ろから抱きしめ、彼の大きな手が身体をまさぐっていく。

官能的にゆっくりと髪に、額に、鼻に触れ、唇に触れる。

「お前は美しい。外見も、中身も、明るく白くて惹《ひ》かれる」

「そんなこと……ないです……あっ」

彼の手がさらにテレーゼの身体を下へと進み、首筋を撫で、ドレスの上からわかる膨らみに触れる。

力強く揉まれたことを身体が思い出し、びくっと震えてしまった。

「この船はまだ建造中で、今日は休みだ。船長室には絶対に誰も来ない」

だから、淫らな声を聞かせろというかのように彼の指が淫らな調べを奏で始めた。

太く、骨張った手がテレーゼの膨らみの上を踊る。

感触を楽しむかのように、彼は肌の露出した首筋を何度も撫でた。そして、再び胸の膨らみに動くと、ドレスとの間に手を入れてくる。

「あっ……だめっ……あぁ……」

最初の時と同じように、けれどもっと優しく、ドレスを乱していく。

両手で肩に触れると、肌を滑りながらテレーゼの肌を露わにした。

――見え……てしまう……あっ！

ベッドのすぐ横には、海の荒れ具合をすぐに確認するためか、小さく丸い硝子がはめ込まれていた。まだ明るいので、そこから外の光が入ってくる。

ドック内は誰もおらず、見られることがないとわかっていても外が見えるのはテレーゼの羞恥心を刺激した。

恥ずかしさですぐに肌が火照っていってしまう。

「ガイ……あまり激しくしない……で……」

「それはお前の美しい身体を前にして、無理な注文だ」

彼の手はすでにテレーゼの双丘を覆っていた。すっぽりと包まれてしまうほどに大きな手。それが官能的に乳房を揺らし始める。

「ん……は、あっ…………んっ！」

胸を揉まれ、テレーゼは淫らな声が漏れるのを我慢できなかった。

リズミカルに彼の指が動き、普段は誰も触れることのない胸にさざ波を立てる。

その淫靡な感触だけでなく、ガイに後ろから愛撫されていることがテレーゼをさらに淫らな気持ちにさせた。

――ガイが見えないだけで……こんなにも……あ……！

「あ、んっ、あっ……ああっ」

「その声がいい。もっと聞かせてくれ」

漏れ出てしまうテレーゼの甘い吐息を聞いて、彼が耳元で囁く。

「そんなこと……できま……せん……んんっ！」

否定しながらも、激しくなっていくガイの指使いに声が抑えられなかった。身体をベッドの上で震わせながら、船内にしては広い部屋に淫らな吐息が響いていく。

当然のように彼の手は乳房だけで満足せずに、新たな場所を求めて動いた。

片手がするすると身体を下り、足に触れる。ドレスに入り込み、そしてまくりあげた。そこにはテレーゼの柔らかな太腿があり、その感触をガイが楽しむ。

「ん、あ……あ……んぅ……ガイ……」

彼の手は大きくて、温かくて、肌に触れるたびに気持ちよく感じてしまう。でも、その指の動きはとても淫らだった。

テレーゼの感じる場所、感じる肌を求めて、動くのをやめない。

だから、息つく暇もなく声をあげてしまう。

ついには彼の唇まで一緒になって責め始めた。

——あ、あぁ……耳朶《みみたぶ》を噛まれて、る……。

荒い息と熱い息を耳に感じたかと思うと、ガイに甘噛みされていた。

くちゅくちゅと淫らな音が耳のすぐ近くから聞こえてくる。

三カ所を同時に刺激され、テレーゼの身体はさらに淫らに奏でさせられた。

「あっ……あっ……あぁっ……」

後ろから抱きしめられているので、彼の熱いものも感じられた。

それはいつの間にか露わになっているようで、太腿に押しつけられ、熱せられる。それは激しく、力強く生きる彼の意志そのもののようだ。

「どこを触っても、どれだけ触っても……足りない。お前が欲しい」

官能的な台詞を囁くと、彼の手がついにはパニエを摑む。柔らかく瑞々《みずみず》しいテレーゼの足を下着が滑り、ベッドの脇へ投げ飛ばされた。

胸と太腿に続いて露わになった下肢にガイが触れる。

尻に彼の腰が押しつけられ、さらに手で引き寄せられた。

熱杭がより下肢に近づいていく。

――次から……次へと……彼の手が伸びてきて……。

すべてをさらけ出されてしまいそうだった。

骨張った彼の指が次々に触れて、肌の上で喜ぶようにダンスを踊っていく。

喜ばせられるのだと思うと、テレーゼは嬉しかった。

彼らに出会うまで自分の価値など何もないと思っていたから。でもそれは、貴族の世界での話だった。こうして、自分を求め、喜びを与えることができている。

――私は？　私は何を喜びと感じている？　ガイと……？　ステファンと……？

不意にそんな疑問が頭に浮かんだけれど、すぐに刺激で打ち消された。

「あ、あ――――！」

背中を弓なりにしならせ、びくんと大きく震える。

ガイの指が太腿からさらに淫らな場所に進んでいた。

まだ咲いてはいない秘裂にたどり着くと、花弁にやわやわと触れていく。指の腹で擦られると、じわじわとこみあげてくる刺激と快感を覚えた。

「そんなところ……触って……だめっ！　ん、あぁ――――！」

段々と彼の指先に力が入っていき、秘部に押しつけられる。

テレーゼは、自分の膣が愛液で濡れていくのを感じてしまった。それは膣口を撫でるガイの指先にもついていて、秘裂全体にうっすらと広がっていく。

「は、あぁぁ……あっ……ああっ……」

彼は秘部を触りながらも、胸への刺激も、耳朶への責めも、やめなかった。

同時に三カ所を刺激してくる。臀部《でんぶ》に感じる熱い肉杭を入れれば、四カ所。

抱きしめるような愛撫なので逃れる場所はなく、テレーゼはガイの腕の中で淫らに躍ることしかできなかった。

「その反応のよさはゾクゾクするな。お前の身体には男の自制心を簡単に崩す」

耳朶を甘噛みしながら、そう囁く。

証明するように彼の肉棒はもう硬く、熱くなっていた。

――あ、あぁ……また……ガイと身体を重ねてしまう……。

未婚だというのに、男の人と繋がることに背徳感がこみあげる。

けれど、甘く淫らな痺れを教え込まれてしまった身体は敏感に反応してしまっていた。蜜壺は彼のものを待つように濡れ、熱くなっている。

彼の肉棒が興奮で脈打つたびに、テレーゼの腰は小さく震え、次に何が起こるのかを想像してしまっていた。

けれど、それは少し違った。

「ん、あっ！　あ、あああぁ！」

くちゅっと淫らな音がして彼の肉杭ではないものが、テレーゼの中へと入ってくる。

――あ、あ、あ……指……あああ！

不意打ちのように挿れられたのは、彼の指だった。

愛液で濡れたその太い指が膣内にゆっくり入ってくる。少し濡れていたとはいえ、それはきつく、刺激が大きすぎた。

「ああっ……あっ……ぁん――」

ぐっと唇を嚙みしめないと、卑猥な声が漏れてしまう。

ガイの指は逞しく、ごつごつとしていたので膣壁を容赦なく刺激した。しかも、彼はそれをすぐに動かし始める。

「……んっ……んっ……んぅ！」

指の動きに合わせて淫らな声が出てしまう。

同時に蜜壺をかき混ぜる淫靡な水音が辺りに響き始めた。それは密閉率の高い船内ではよく響き、よりテレーゼを卑猥な気持ちにさせる。

加えて、指は抽送するたびに奥へと進んで、より敏感な場所に触れた。時折、かき混ぜるようにして指が少しだけ折られ、膣襞を撫でる。神経を直接触られているような感覚にテレーゼは腰を震わせずにいられなかった。

――あぁぁ、ガイ……興奮している……。

ガイの口数は少なくなり、耳元で聞こえてくる吐息が荒くなっていく。それはもう野獣のようで、彼の顔が見えない分、いかがわしく感じた。

「……？　あ、ああ――――！」

なんの予告もなく、彼の指が引き抜かれ、次にもっと太くて熱いものが入ってくる。それは尻の間を進み、後ろから突き刺さってきた。

逞しいまでに怒張したものは、指にたっぷりと愛撫された膣内に埋められていく。

「は、ああ……ああ……あああ……」

指よりも大きい熱杭に苦しさを感じた。

ぴったりと抱き合うように、彼の肉棒が自分の中に収まっている。

――あぁ、彼と……また繋がって……る……。

大きな喜びがじんわりとテレーゼの心に広がった。

特に気持ちがお互いを向いている今は、前に抱かれた時よりもずっと敏感に、彼の存在を感じてしまう。

――とても……逞しくて……熱い……。

自分の中で、彼の一部が脈打っている。

それは何よりも自分という価値を肯定してくれているかのようで、安心する温かさを持っていた。

彼の鼓動と自分の鼓動、彼の体温と自分の体温が溶け合い、一つになっていく。

「……は、あぁぁ……ああぁ……！」

思わず、今までよりもずっと長く甘い息をしてしまう。

硬いガイの存在を自分の中から感じ、喜びに震えた。

――こんなふうに……淫らなことを……喜び、感じてしまうなんて……。

けれど、これが繋がるということなんだとテレーゼは思った。

愛する人と抱き合い、身体を合わせ、お互いを感じ合うもっとも神聖な行為。

気持ちいいと感じてしまうのが罪だと思っていたけれど、違う。今はたくさんガイを感じていたい。

「く……」

苦しそうなガイの吐息が聞こえた。

きっとテレーゼが落ち着くのを待っていてくれているのだろう。抱きしめられている彼の手に、そっと自分の指を絡めた。

次の瞬間、彼の腰がゆっくりと、けれど力強く動き始める。

「あっ……あっ……ああっ……」

熱杭に突かれるたび、強い快感と刺激が押し寄せてきて、声が出てしまう。

ガイがテレーゼの中に存在を主張し続けていた。

押しても引いても、肉杭は密着した膣襞を擦り、一番奥へと到達するとそこに突き刺さる。きつく、苦しさを感じながらも、テレーゼはその感触に悶《もだ》えた。

二人の時間は永遠と錯覚するほど濃密になり、すべてが溶け合っていく。

「テレーゼ……あぁ、俺のテレーゼ……」

欲望のままに、快感の求める場所へと腰を打ちつけながら、ガイが囁く。そして、耳朶ではなく、首筋に熱いキスをしてきた。

「あっ……ガイ……あ、あああああ！」

肌の薄い首筋に熱い唇を押しつけられ、彼を感じる。全身で感じていた。

「は、あああっ！　あっ……」

終わりは唐突に訪れた。

耐えきれなくなった快感が溢れてきて、ベッドを軋ませながらテレーゼは身体を跳ねさせる。ガイも続くように苦しそうな声をあげた。

「……っ！」

彼の力が抜けていくのが徐々にわかる。

それでも抱きしめる腕を放すことはなかった。

※　※　※

ガイはテレーゼの寝顔を見ながら、これで夢ではないか、消えてしまわないか、まばたきを堪えていた。

——テレーゼ。

まさか、ここへ来てくれるとは思わなかった。黙って出てきたのかもしれない。

彼女がどうやって港へ下り立ち、不安に駆られながら自分を探していたのか想像すると、愛しくてたまらなくなる。

「……テレーゼ」

「んっ……」

頬に触れると、彼女が微かに吐息を漏らす。
その声音と温もりで、これが幻ではないことに、胸の中に熱い感情が広がっていく。
彼女は、幸せにならなければいけないと思った。
自分でもステファンでもない、もっと誠実な生粋の貴族と笑っていなければならない。
「テレーゼ、お前はいい女すぎる」
……だから、認めらえるようにならなければ。
彼女は高嶺《たかね》の花もいいところだ。
欲しいものは手に入れてきたが、大切にして、空へ放さなくてはいけない小鳥もいる。
――この俺が苦悩するのは取引のことだけだと思っていたが……。
足掻《あが》いてみるか。
ガイはテレーゼの額にキスを落として、息を吐いた。

※　※　※

目を覚ますとそこはいつもの屋敷だと思った。

ガイと出会い、キスして、力強く抱かれたのは、夢だと。

でも、意識がはっきりするまでもなく、自分ではない体温を感じて違うのだと気づいた。

「ガイ……？」

「起きたのか？　もっと寝ていてもいいのだぞ」

そこには、ベッドの上でテレーゼと向かい合うようにして横になるガイがいた。さっと顔が赤くなっていく。

身体を重ねた後、どうやらテレーゼはそのまま眠ってしまったみたいだ。

「もしかして、ずっと私のことを見ていたの？」

「ああ、もったいないだろ？」

無防備な顔を見られてしまったと思うと、さらに恥ずかしかった。シーツを引き寄せ身体を隠す。

「よかったか？　俺は今まで一番よかったぞ」

「……もう！　そんなこと聞かないでください。言わないでください！」

デリカシーのないガイの言葉にテレーゼは不満を漏らす。

「そんなことより行くぞ。すぐに着替えろ」

「え？　どこへ……あっ！」

帰らないといけない時間になってしまったのかと、丸いガラス窓から外を見たけれど、まだうっすらと光が差し込んでいた。

まだそれほど経っていないようだ。眠ってしまったのは、ほんの一時間ほどだろうか。

「……きゃっ！」

まだ茫然としているテレーゼのシーツをガイが引き剥がす。

つい悲鳴を上げてしまう。

「お前の眠っている顔を眺めながら、考えていたんだ」

顔を赤くしたまま、急いでドレスの乱れを直すテレーゼをニヤニヤ見ながら、ガイが呟く。

「なにを……です？」

「……いや、なんでもない。今日、お前と行ってみたいところを思いついただけだ」

彼から嫌な感じはしなかった。

だからテレーゼはそれ以上聞かず、できるだけ早く、でもきちんと支度をしてガイと船内を出た。


彼が連れてきてくれたのは、最近できたデパートという総合商店だった。

三階建ての大きな建物で、城のような外観をしているそれは街の一等地に建っていた。

テレーゼは知らなかったけれど、貴族の間ではここで装飾品からドレス、ステッキや靴まで、山ほど買い物して帰るのが流行《はや》りらしい。

帽子は帽子屋に、ドレスはドレス屋に好みを伝えて作ってもらうのが一般的だけれど、それとは別に娯楽として買い物を楽しむらしい。

「これはこれはブロウディ様。初めてのお越し感謝いたします」

建物に入ると、執事のような年配の男性が待ち構えていた。

「よく俺のことを知っていたな？　なかなかよい仕事ぶりだ。だが、俺がブロウディの爵位を継ぐ予定はない。だから、ただのガイと呼べ」

「かしこまりました、ガイ様。私のことはリチャードとお呼びください。わたくし、この国の貴族名鑑はすべて記憶しております」

ガイがリチャードと呼ばせた店員を連れて、店内を大股で歩き出す。

テレーゼはこれから何をするつもりなのか疑問に思いながら、その後をついていく。

「いいか、リチャード。彼女が気に入ったものをすべて買え。ないものは揃えろ。作らせろ。金のことは気にするな。今日は気分がいいからいくらでも使ってやる」

かしこまりましたと、店員が頭を低くする。

「……ガイ!? 受け取れないわ」

彼は自分に贈り物をするつもりでここを訪れたのだろうか。

けれど、未婚の女性がしかも婚約者でもない男性に身に着ける物を。

「このネックレスはいいな。そのドレスもいい。あと……その指輪もセンスがいいな。全部くれ」

テレーゼの言葉を無視して、勝手に次々と品物を選んでいく。

「ガイ、待って!」

「どうした? ああ、ネックレスと指輪は一度合わせてみた方がいいか?」

やっとガイがこちらを振り向いてくれる。

「違うわ。もらえない、そんなに高価なもの」

「お前に比べればどれも偽物で安いものだ」

彼の暴言に店員が眉を顰める。

テレーゼはガイに近づき、耳打ちした。

「貴方も知っているでしょう？　未婚の女性が男性から身に着ける贈り物は受け取れないわ。詩集や花ならいいけど、装飾品やドレスは駄目」

説明すると、今度はガイがテレーゼに耳打ちし返す。

「港で俺の評判は聞いただろう？　ケチの守銭奴って。ここで贅沢《ぜいたく》に金を使えば、貴族には評判がよくなるはずだ。それでもお前は俺からの贈り物を受け取れないか？」

――ずるいわ。

ガイの評判がよくなるのはテレーゼも願っていること。

わざと彼が言っているとわかっていても、協力しないわけにはいかなくなる。

「……でしたら、なるべく小さいものを一つだけ」

妥協点を彼に伝える。すると満足げに彼は頷いた。

顔を離すと、おおげさに、まるでオペラの台詞みたいな口調で彼が大きな声で話し始めた。

「ああ、俺の思い人はなんて謙虚で、素晴らしい女なんだ。欲しいものは俺だけで、他には何もいらないだなんて」

「ちょっと……ガイ……」

彼だけを欲しいだなんて、大声で言われては恥ずかしい。けれど、彼はやめなかった。

「貴族のマナーというやつはロマンに欠けている。好きな女に贈り物を自由に渡せないなんて間違っている。俺は好きな女に好きなだけ買ってやりたいんだ」

そう声を張りあげると、手で店員を呼び寄せる。

「だからこのデパートで一番小さく、高価な宝石を買おう。それをブローチに仕立て、持っていてくれないか？　それぐらいなら誰も咎《とが》めたりしないだろう？」

ガイの恥ずかしい演技に、テレーゼは首を縦に振るしかなかった。

店員が急いで売場からお勧めのものを厳重に運んでくる。

「でしたら、こちらのトパーズなどいかがでしょうか？　ちょうどお嬢様の瞳と同じ色で透明度の高い、美しいものがございます」

「インペリアルトパーズか……なかなかいい品質のようだな」

商売上、ガイは宝石の知識もあるのか、店員が差し出したものを見て呟く。

涙《ティアドロップ》のしずくの形をしたトパーズは本当に綺麗な琥珀色で、美しくカットされ、光り輝いている。

とても高価そうなものだったので、断りたかったけれど、もう手遅れだった。

「ありがとう、ガイ」

「何度も言うが、お前に比べればすべてが安く見える」

一連の会話をわざと周り聞こえるように彼が言ったので、同じフロア内にいた他の貴族たちがさっそく噂を始めていた。

口々に「仲むつまじいこと」「羨ましいわ」などと聞こえてくる。

しばらくしてトパーズのブローチが出来上がると、頰に感謝のキスをせがまれてしまう。

終始、テレーゼは恥ずかしくてデパートで顔を伏せていた。

【第四章】 カジノでの大勝負〜欲しがり年下子爵〜

数日後、今度はある街角にテレーゼは立っていた。

晩餐会に呼ばれたとロミルダに嘘をついて屋敷を出てきたのだ。目的はもちろん、もう一人の謝りたい相手――――ステファンに会うためだった。

彼に関することで、テレーゼが知っていることはガイ同様に少ない。けれど、すでに爵位を継いでいたので、意外なほど簡単にわかった。

どうやって調べたかというと、貴族の令嬢たちにそれとなくステファンのことを聞いてみたのだ。

彼らと会えなくなってからも、テレーゼは予定されていた社交界に顔を出していた。

二人と出会った時の新聞が功を奏し、以前のように壁の花になるようなことはなく、普通に話をすることはできるようになっていた。

一度輪に入ると、歯車みたいにその場に溶け込めるようになる。

毎回話すような令嬢ができ、彼女たちにそれとなくステファンのことを聞いてみると、彼にまつわる噂を色々と教えてくれた。

両親、親戚はすでに一人もおらず、天涯孤独。

金遣いが荒く、引き継いだ遺産を遊びでばらまいている。

とても荒れていた時期があり、悪い連中ともつき合いがあるらしい
中には、爵位を得るために両親・親戚を皆殺しにした、なんてひどい噂もあったけれど、テレーゼはまったく取り合わなかった。

そんなことをする人ではないと断言できた。

確かに賢くて、多少きついところはあるけれど、残忍な人では決してない。

きちんとした常識と優しさを持った人だ。でなければ、人違いであっても、自分を助けようと思ったりしなかったはず。

そんな中で、テレーゼは最も知りたかった情報も得た。

彼はたびたび、賭博場へ出入りしているらしい。

その場所も突き止め、今こうして入口に立っている。

――これがカジノ？

外観を見ただけでは、歌劇場となんら区別がつかなかった。少し街のはずれにあるという

こと、雰囲気が怪しいことを除けば、間違えて入る人がいそうだ。

神殿をイメージした四角い箱の上に三角屋根を乗せたような形をしていて、正面には磨かれた大きく丸い大理石の柱が八本横に並ぶ。

その奥には窓がいくつも並んでいて、漏れる光で中は昼でも薄暗いのがわかった。

入るのをためらったけれど、ここで立っているだけでは解決しない。

勇気を出して、テレーゼは一歩踏み出した。

手の甲まで菱形《ひしがた》に刺繍のある緑色をしたドレスが、ふんわりと揺れる。

果たしてどのような格好がカジノに相応しいかわからなかったけど、兎毛皮《ラビットファー》のショールを首へ巻き、胸を張って大きな柱の間を通って建物に入った。

すぐに店の者と思われるがっちりとした男が駆け寄ってくる。ボディーガード兼入口の案内役のようだった。

「お嬢様、誰かのご紹介はありますか？」

この手の賭博場は、紹介制で誰もが入れるわけではないらしい。

しまったと思ったけれど、なんとかして上手く切り抜けるしかない。

日を改めて来るべきかもしれないけれど、そう何度も屋敷を抜け出してはロミルダに気づかれてしまうかもしれない。

「……ステファン・ランカスターの連れです。私だけ用事で遅れてしまって、彼と中で落ち合う予定なの。通してもらえませんか？」

素直に言っても、彼らが通してくれるとはとても思えない。だから、テレーゼは瞬時に判断して、そう口にした。

なるべく気取った態度を取る。

嘘をつくことになるけれど、ステファンに会うためには仕方がない。

「これはこれは、ランカスター子爵のお連れ様でしたか。失礼いたしました。お通りください、ご婦人。ランカスター様は一階のポーカー席におられます」

「ありがとう」

彼の名前を出した途端に、男は強面を崩し、愛想よく答えてくれた。

ステファンはかなりの上客で、あまり揉めたくはないのかもしれない。彼がこのカジノに入り浸っているというのは本当のようだ。

狭く暗い入口を抜けると、一気に開けた場所に出る。

屋敷でいうところのエントランスだろうか。二階、三階へと続く大階段と一階のメインフロアに続く大きな扉が見えた。

迷わず扉のほうに向うと、扉の前にはやはり屈強そうな男が二人立っていて、テレーゼの姿を見ると何も言わず、何も表情を変えず、左右から扉を開ける。

「……！」

見えてきた中の光景にテレーゼは息を呑んだ。

床には鮮やかな色の異国の絨毯。その上にずらりとポーカーやルーレットの台が並ぶ。壁にはずらりと名画が並び、さながら立派な屋敷の美術フロアのよう。

公爵の舞踏会に負けない大きなシャンデリアが天井からぶら下がっているけれど、それはわざと灯りを抑えているため薄暗く、異様な雰囲気がフロア全体に満ちていた。

一目で、紳士淑女が来ていい場所でないとわかる。

「段差になっておりますので、お気をつけくださいませ」

中にいた男性に手を取られ、フロアに下りていく。

入口を少し高く、一階の床を少し低くしてあるようだ。

テレーゼはすぐに目当ての男性を見つけた。

「ステファン！」

彼はネイビーブルーのジャケットとベストに、首元にレースがある生成りのシャツを身に着けている。淡い水色のクラヴァットが少し儚くも見えた。

「……？　テレーゼ!?　どうして君がこんなところに？」

ゲーム中のステファンが周りをきょろきょろと見回し、すぐにテレーゼを見つけた。

ディーラーに「ドロップ」と告げ、チップが回収される前に席から立ちあがる。すぐにテレーゼは彼の側に駆け寄った。

「……こんなところに来ちゃ駄目だ！　君のような人が……また壁の花に戻りたいの？」

久し振りに会ったステファンは、一瞬嬉しそうな笑みを浮かべたけれど、すぐに顔を険しくしてテレーゼを叱責した。

それでも彼女は動じなかった。

以前よりも強くなったということもあったけれど、なぜか二人のことになると行動的で強い自分がいた。

「かまいません。それに来ては駄目というならば、貴方も同じはずです」

いつになく強い態度のテレーゼに、ステファンは動揺しているようだけれど、折れるような素振りは見せない。

「僕はもう用済みだろ？　だから、君に言われる筋合いはないよ。さあ、出てってくれ。ここは会員制で、淑女が入っていい場所じゃない」

わざと彼が突き放すような言葉を選んでいるのがテレーゼにはわかった。

だから、全然心が痛まない。逆に胸を張っていられる。

「嫌です。カジノを出るのは貴方と一緒の時だけです。子爵の貴方が、こんなところに入り浸っていては駄目。名誉に傷がつくわ」

周りの客や従業員が冷たい視線を向けてくる。

けれど、テレーゼは毅然《きぜん》とした態度を取り続けた。

話をしたくて来たのだけれど、その前にステファンをカジノから連れ出さなくては。彼はきっと今、自暴自棄になっている。本来の彼ではない。

それが自分のせいなのか、他の理由があるのかはわからないけれど。

「いつ僕が君に放蕩貴族から更生させてくれるように頼んだんだい？　僕は望んでこうしているんだ。口を挟まないでくれ」

「ステファン……私は誰にも頼まれてはいません。貴方を想い、自ら望んでしていること。お願い、話があるの。叔母のことを謝りたい。でも、まずはここを出ましょう」

テレーゼの言葉に、ステファンが一瞬躊躇《ちゅうちょ》したのがわかった。

けれど、やはり冷たい言葉が返ってくる。

「まいったなあ。ここは口喧嘩をする場所じゃない。賭け事をして、一時のスリルを味わう場所だよ。従業員を呼んで連れ出してもらおう」

ステファンが手をあげて、指を鳴らす。

フロアの隅々に立っていた従業員らしき男たちが、彼の合図で数人こちらへ近づいてくる。

――どうしよう。追い出されてしまう。彼をここから連れ出すには……。

必死にテレーゼは考えを巡らせた。

「ご令嬢がお帰りだ。丁重にお送りしろ。そして、二度と彼女を通すな」

感情を押し殺した彼の声が聞こえてくる。

――これしかないわ！

従業員が詰め寄ろうとしたところで、テレーゼは彼を連れ出すたった一つの方法を考えついた。

「待って、ステファン！　ここは賭け事をする場所、先ほど言いましたよね？」

再びポーカーの席に戻ろうとした彼が足を止める。

「確かに僕は言ったね。だから君は出ていくべきだとも」

「だから、私もします」

近づいてきた従業員の男たちをじっと睨む。ステファンはため息をつきつつも、彼らに動きを止めるよう指示した。

「何をするっていうんだい？」

「賭け事です。私と勝負してください」

真っ直ぐにステファンのエメラルドの瞳を見つめる。

彼がさっと視線を逸らす。

「馬鹿げてる……君に賭けるものなんてないだろう？　ここはその辺の安カジノとは違う。貴族や富豪専用だ。それとも君の身体でも賭けるっていうのかい？」

わざと淫らな視線をステファンが向けてくる。それでもテレーゼは立ち向かった。

「それでかまいません。代わりに、私が勝ったら貴方はカジノに一切出入りしないと誓ってくれますか？」

「なんだって!?」

受けて立つとは思わなかったのだろう。

彼の瞳が迷いで揺れる。

「それとも、大勝負に負けるのが怖いのですか？」

念押しするためにそう言ったけれど、恐れているのはテレーゼのほうだった。握りしめた手が汗ばみ、震えている。

けれど、その一言で彼の心に火が点《つ》いたらしい。

今まで目を合わそうとしてこなかったステファンが、テレーゼを見つめ返す。

「いいですよ。相手をしてあげよう。だが、もう下りることはできないからな。覚悟しておいてよ」

嘲笑《ちょうしょう》しながら彼が返事をした。

そして、ステファンを叩き出そうとした従業員を呼び寄せる。

「おい！　聞いていただろう？　今からこの女とゲームをする。ディーラーと台を貸してくれ。もちろん金は払うよ、たっぷりとね」

命令すると従業員は「かしこまりました」と恭《うやうや》しく頭を下げ、準備にかかった。

「ゲームは何にする？　ポーカー？　バカラ？　いや、初心者にはルーレットがいいかな、ルールがわかりやすいしね」

「貴方が先ほどやっていた、ポーカーでいいわ」

どうせ賭け事のルールなんてわからない。

ならばと、彼のやっていたゲームを指名した。

「本当にいいのかい？　たしかに運が絡む様子が大きいけど……」

「かまいません」

頷くと、ステファンが従業員に場の用意を指示する。

そして、こちらを向いてまた冷たい笑みを浮かべた。

「運が絡むゲームなら、まぐれで勝てるなんて思ってないよね？　生憎《あいにく》、僕は大勝負ほど負けたことがないんだ。掛け金が高くなればなるほどに勝てる確率があがる。不思議とね……悪運に愛されてるんだ」

「……でも、それだと必ず勝てるわけじゃないんですよね？」

冷静に返したテレーゼに、ステファンが面白くなさそうな顔で舌打ちした。

当然、テレーゼにカジノの知識はなく、何か秘策あったわけではない。ただ、ステファンを賭け事から引き離すのに必死だっただけ。

それなら自分の身体も惜しくないと本当に思っていた。

どうせ、彼らに救われた自分なのだから、賭け金になるだけいい。

急遽《きゅうきょ》、用意された席にテレーゼは着いた。

楕円のテーブルの反対側にステファンが座っている。

ゲームをしていなかった客たちが、興味本位で集まっていた。見上げると、一部吹き抜けになっている二階からも大勢の人がこの勝負を見ている。

常連の子爵と、見知らぬ貴族令嬢がお互いの身上を賭けて勝負をする。それは賭博場に入り浸る客たちにとって、絶好の暇つぶしだった。

――まずは冷静にならないと。

テレーゼは雰囲気に飲まれないように、深呼吸する。煙草《たばこ》と香水の混じった匂いに、思わず咳《せ》き込《こ》みそうになるのを堪えた。

「始めていいかい？　テレーゼ」

「ええ、お願いします」

軽く頭を下げると、周りから押し殺した笑い声が聞こえてきた。

どうやらこの場では、不作法だったらしい。

「ああ、そうだ。ディーラー、僕が負けたらここに来られなくなるからって、もし手心を加えようものなら……それこそ二度と来ないからな。他のカジノを儲けさせてあげるから。覚えておいてね」

ディーラーとおそらくこのカジノのオーナーに、ステファンが釘《くぎ》を刺す。

彼が勝負にフェアなのは、テレーゼにとって唯一ともいえる救いだった。

「では、始めさせていただきます。ランカスター子爵、テレーゼ嬢」

ディーラーがトランプを取り出すと、丁寧に何度もシャッフルさせ、そして、五枚のカードを二人へ配った。

――たしか、ポーカーって……。

アンドルースの実家にいた頃、父が友人とお遊びでやっているのを小さい子供の頃に何度か見ていたことがあった。それに本の中にも何度か出てきた。

数字とマークを合わせて役を作る。あとは最初の手札からカードを何枚でも交換できる。

うろ覚えの知識を思い出して、カードと睨めっこする。

表にした五枚のトランプはマークがすべて赤いダイヤ、でも数字はバラバラだった。続きでもない。

――これって、そんなによくない手よね？

「チップを上乗せするは必要ないから、今回のポーカーだとドローするだけだね。お先に失礼するよ」

ステファンがそう言うと、手札の中から一枚だけをテーブルに落とした。ディーラーが再び一枚を彼に配り直す。

手にとって、ニッコリとテレーゼを見た。

「さあ、次は君の番。何枚捨てるか、捨てなくてもいいよ」

「じゃあ……お願いします」

テレーゼは手持ちのカードをすべてテーブルに置いた。辺りが一斉にざわめき立つ。

彼の余裕のある笑みから、あのままだときっと勝てない気がしたからだった。

でも、背後にいる客からは「あぁ、もったいない」「勝てたかもしれないのに」というため息が上がる。

「へ……全部？　ほんとにわかってる、ポーカーのこと？」

彼からしても全部の手札を替えるのは、おかしいみたいだ。

でも、今さら取り消すことはできず、ディーラーがカード五枚を配り直す。

再び手に持って表にすると、今度は同じ数字があるものの揃ってはいないし、マークもバラバラ。さっきよりも弱そうな役に見える。

――負けた……。

交換したカードを見て、そう思った。

背後にいる客たちが、またテレーゼの手札を見てざわめく。

「どうやら、やっぱり僕の勝ちみたいだね」

残念そうな彼女の表情を読み取り、ステファンが勝ち誇った様子でカードを表にしてテーブルに投げる。

キングが三枚と、クイーンが二枚。

いかにも強そうな並びに見える。

「フルハウス、上から四つ目に強い役だね。君は？」

諦《あきら》めたテレーゼは、テーブルにカードを伏せたまま置いた。

「負けました。私を好きにしていただいてかまいません」

「だったら、早く屋敷に帰って僕のことなんて忘れて。きちんと僕らがスケジュールした社交界の場にすべて出るんだ」

ステファンは自分の身体を求めてくるようなことは言わず、ただここから立ち去ることを命じた。

「わかりました……それが貴方の望みなら。でも――」

――貴方たちのいない日常なんて、もうつまらない。

そう伝えようとして、言葉を飲み込んだ。

勝負をして、負けたのだから、おとなしく言うことを聞くべきだ。

テーブルから立ち上がると、ディーラーに頭を下げてカジノから去ろうとする。

けれど、それを後ろにいた観客たちが阻んだ。

「帰るので、通してもらえますか？」

「お嬢さん、あなたは負けてないわよ。席に戻って見て」

片手に扇子を、もう片手にシャンパングラスを手にした女性が、テーブルの上に伏せたテレーゼの手札を指差した。

周りの人たちも、うんうんと頷いている。

「……？　まさか……!?」

観客とテレーゼのやり取りを見ていたステファンが、彼女の座っていた席に移動すると、カードを一枚ずつ表にしていく。

Ⅶのダイヤ、Ⅶのスペード、Ⅲのハート、Ⅶのハート、そして――Ⅶのクローバー。

「フォア・カード……」

すべてのカードをめくると、彼が呟く。

テレーゼの背後にいた客だけでなく、二人の勝負の行方《ゆくえ》に注目していたすべての客が一斉にわっと声をあげた。

口々に「すごい強運のお嬢さんだな」とか、「ビギナーズラックってやつを初めて見たよ」とか、喜んでいる。

一人、ルールがわからないテレーゼが茫然としていた。

「同じ数字が四枚揃った役の名前は、フォア・カード。上から三つ目に強い役で、フルハウスの一個上」

「つまり、それって……」

女性客に説明してもらって、やっと状況が読み込めてくる。

テレーゼは自分の手札が、その前に比べてバラバラだと思っていたけれど——。

「そう、貴女の勝ちよ、幸運なお嬢さん。でも、あなたにギャンブルはお勧めできないわ。あんなの運を天に任せただけですもの」

「大丈夫です、もう二度とするつもりはありませんから」

観客の祝福を受けながら、席のほうに追い返される。ステファンは唖然《あぜん》としてその場に立ち尽くしていた。

「僕が負けるなんて、信じられない。ここぞって勝負は全部勝ってきたのに」

「ステファン……その……」

なんと声をかけていいのかわからない。

でも、次に顔を上げた彼の顔はとてもすっきりとしていた。

「今、わかったかも、僕はずっと負けたかったんだ。ありがとう、テレーゼ」

言葉の意味はわからなかったけれど、彼は今までで一番いい顔をしていた。

「わからなくてもいいんだ。ありがとうって言いたいだけから、君に僕は」

とても魅力的な笑顔で、ステファンは微笑んでくれた。

そして、ポーカー台に腰掛け、声を張りあげる。

「僕はこの勝負に負けた！　だから、誓って二度とカジノや賭け事にはかかわらない。ここにいる悪友たち全員が証人だ。もしカジノで僕を見つけたら、尻を蹴《け》りあげてくれていい！」

フロア中から笑い声が漏れる。

その中心にステファンとテレーゼがいた。

彼がそっと身体を寄せて、テレーゼの肩を抱く。

「本当だよ。僕は君に負けたんだから、二度とギャンブルに浮気なんてしない」

「浮気……？」

「なんでもない！　みんな、今日は僕のギャンブラー最後の日だ。今まで勝った分、店に全部返すよ。みんな好きなだけ僕の代わりに飲んで、賭けてくれ！　お代は僕が持つ！」

客たちから歓声があがり、さらに笑い声、祝福の声が広がっていく。

少しだけ彼らにつき合うと、こっそりステファンはテレーゼを連れてカジノを後にした。


空気が美味《おい》しいところに行きたいな。つき合ってよ、と彼がテレーゼを連れてきたのは近くの美しい砂浜のある海岸だった。

ちょうど昼から夕方へ移り変わる時間で、空が水面を綺麗な橙色にゆっくりと染めているところだった。

「ごめん、無理矢理つき合わせてしまって……少し雰囲気に酔ってたかな」

「私も貴方とゆっくり話がしたかったら……」

恥ずかしそうに頬をかきながら、ステファンが謝ってくる。彼の隣に並んで歩きながら、テレーゼは首を振った。

ざざっと砂浜に押し寄せる波の音が余韻になる。

この雰囲気のせいなのか、勝負をして興奮したせいなのか、胸が高鳴って止まらなかった。

彼の横顔はいつになく穏やかで優しくて、その甘い容姿がさらに格好よく見えてしまう。

――――彼に見惚れてないで、謝らないと。

「君に――――」

「ステファン、その――――」

同時に話し始めてしまい、二人とも言葉を止める。

「ごめん、君から――――」

「すみません、貴方から――――」

また、言葉が重なってしまった。

まるで二人の流れがぴったり合わさってしまったようだ。

もう一度だけ口を開こうとして、やっぱり重なりそうなのがわかり、二人で笑った。

「はははは、どうやら神様は僕たちに話をさせたくないらしい。君からどうぞ」

「ふふふ、そうみたい。私から話していい？」

彼が頷いたのを見て、テレーゼは彼を探していた元々の理由を口にした。

「ごめんなさい。叔母様が貴方たちにずいぶん失礼なことを言ってしまって」

頭を大きく下げて、彼に謝る。

「いいんだ。本当のことだし、薄々自分たちでもわかってたことだから。でも君と離れるのが僕もガイも辛くて、怒ったフリをしていただけなんだ」

「……私も……二人がいなくなってから、とても寂しくて」

顔をあげて彼の美しいエメラルドの瞳を見る。今度はしっかりと自分を捕らえていた。ステファンが自分を見ていると思うと、今度は妙に落ち着かなくなる。

「……ぁ」

ふっと彼が距離を詰めてきて、その手を握った。

少しびっくりしたけれど、それは優しい手で心が温かくなった。

しばらくまた無言で手を繋ぎながら、浜辺を歩く。

「僕の話、聞いてくれる？　君には関係ないけど、聞いて欲しいんだ」

「そんなことない。関係ないなんて、もう言わないで」

ガイを入れて三人の関係が何か？　と誰かに聞かれれば、答えることができない。

でも、そこには友情ともまた何か違う結びつきがあるのは確かだ。

たぶん、一生消えない強い絆《きずな》。その正体はまだおぼろげにしか見えないけれど。

「ごめん、どうしても皮肉屋が抜けなくて。言い直すよ」

足を止めて、彼がテレーゼを見つめる。

「大切な君だから聞いて欲しい。君だけには話したいんだ。僕の過去」

「ステファンの……過去……」

天涯孤独で、子爵位を継いでいる——それがテレーゼの知っている彼のすべてだ。

でも、それだけでないのはわかる。ちらっと見たけれど、彼はギャンブルを楽しんではいなかった。テレーゼに負けてほっとしていた。

——何かが彼を苦しめているんだ。

知りたかった。今までどんなことが彼の身に起こり、何が彼を苦しめているのか。

おこがましいことかもしれないけれど、ステファンを助けてあげたい。

「教えて、貴方のこと。知りたい」

「ふふっ、逆プロポーズの言葉みたいだね」

いつもの意地悪な目でステファンに言われる。思わず出てしまった言葉にハッとして、テレーゼは顔を赤め、口元を手で覆う。

「隠したってもう手遅れだよ。ちゃんと聞いてもらうからね……そうだな、灯台に登ったことある？」

首を振るテレーゼの手を引っ張る。

「え、ステファン……ちょっと……転んじゃう」

「だったら、僕の首にでも摑まればいいよ。それとも摑まるのが好み？」

彼は無邪気な笑みで走りだす。

手が離れてしまわないように、テレーゼは必死に追いかけた。


結局最後は、ステファンに抱きあげられて下ろされ、灯台に着く。

中は暗かったけれど、所々に置かれたランプに彼が火を灯してくれた。エスコートされながらゆっくり螺旋《らせん》階段を上ると、大きな窓のついた見晴らしのよい場所に出た。

「見てごらん」

それほど高くは登っていないはずなのに、視界がとても開けて見える。

空はちょうど夕日が落ちかけているところだった。燃えるような橙色が、半分海に飲み込まれているように見える。

「綺麗……とても――」

浜辺で見るよりもずっと遠くまで見渡せる。

暗くなり始めた海がどこまでも続いていた。

「君に比べれば全然だよ。でも僕の一番のお気に入りの場所なんだ。嫌な気持ちになるとよくここへ来て、自分がちっぽけだって思うことにしてる」

隣に立って、彼が肩を抱いてくる。肩と肩が触れた。

「それで、見ながら僕の話を聞いてもらっていい？」

テレーゼが頷くと、ステファンは少し視線を落とし、でも優しい色をした瞳のままで遠くを見つめて話してくれた。

「僕の母は前ランカスター子爵夫人ではないんだ」

「……！」

世間に疎いテレーゼでも、その言葉が何を意味しているのかすぐにわかった。

彼が結婚した父と母の間に生まれた子供ではないということだ。

「そう……僕は非嫡出子《ひちゃくしゅつし》。父以外の家族にはまったく認められず、自分を、可愛がってくれている使用人の息子だと思っていた。でもある時、流行病で父とその正式な家族だけでなく、親戚まで全員が死んでしまった」

子供の頃なのでよく覚えていないけれど、恐ろしい病気が国中を襲ったことはテレーゼも知っている。幸い、アンドルース家はかなりの田舎にいたので全員助かったけれど。

「そうしたら、突然子爵家の管財人が僕の前にやってきて、言ったんだ。君が今日からランカスター子爵だ。これが財産の目録と領地。どうするかを任せてくれるかい？　ってね」

彼の腕がぎゅっとテレーゼを抱きしめる。

「いきなり、そんなこと言われて……どうしていいか、僕はわからずポカンとしたよ。昨日まで父や母だと思っていた、仲間や家族だと思っていた奴らが全員僕に傅くんだ。子爵様、子爵様ってね」

「……ステファン」

その時の悲しさが伝わってくるようで、テレーゼはそっと彼の胸に手を置いた。

「僕が十五歳で成人した時、最初にやったことがなんだかわかる？　その管財人を解約し、使用人たち全員にひと財産を与えて屋敷から追い出したんだ。そうしたら……何もかも空しくなったよ。貴族の責務も、働くことも、生きることも」

ステファンにはきっと味方がいなかったんだと思う。ただ一人であっても使用人の誰かが彼の支えになってあげられれば、その過去は違ったはず。

怒りを向ける先も、愛情を注ぐことも、注がれることもなかった。それを孤独といわずになんといったらいいのだろう。

「金なんか全部使ってしまえばすっきりするかもって思ったけれど、駄目だった。ギャンブル運があるらしくて、大金を賭ければ賭けるほど、勝つんだ。だからダラダラと続けた。ついでにガイやその他の連中とつるんで放蕩貴族を気取ってた」

彼の淡く濡れた瞳は、とても寂しそうで悲しそうに揺れていた。けれど、テレーゼを見ると、温かく、優しいものに変わる。

「だから、君に負けて嬉しかった。負けて嬉しかったなんて、変な奴だよ、僕は。でも、ずっと何かが抜け落ちたんだ。心の奥に刺さっていた傷が取れたんだ。凛とした態度で、自分の身を危険に晒してもカジノから連れ出そうとしてくれた君に負けた時思った。ああ、もう子供でいるのはお終《しま》いだって」

彼の美しい緑色の瞳には、自分しか映っていなかった。

だんだんとそれが大きくなる。

「嬉しかった。君が来てくれて……ありがとう……」

過去を吐露した余韻のまま、顔を近づけ、彼がキスをする。

一度離れて、お互いを見て、また唇を合わせた。

悲しさを癒《いや》してくれる、どこまでも優しい口づけだった。

そして、彼は顔を離すとテレーゼの肩にちょこんと顎を乗せて囁く。

「たまらなく、君が愛おしいんだ……欲しい、抱きたい。駄目？」

「ステファン……」

自分の身体を請われ、それに返事するのは恥ずかしかったけれど、頷いた。

ステファンと身体を合わせ、少しでもその悲しい過去を癒してあげたい。

「ありがとう。こんな僕と一緒にいてくれて」

「違う、貴方だから……んっ――」

先ほどまでの甘いキスとは違い、噛みつくような激しい口づけがテレーゼを襲った。

ステファンが唇で甘噛みすようにして、何度も何度もキスしてくる。すぐに苦しくなり、息が荒くなっていく。

「すごく綺麗だ……誰よりも……初めて見た時から本当に惹かれていた。あの時は違う目的で興奮もしてたけど……」

顔を左右に傾けながらステファンが激しい口づけをする。唇がこれ以上ないほど密着し、彼の息と熱が吹き込まれる。

「君を知れば知るほど興奮した。本当は僕だけのものにしたかった……君が悲しい顔をすると胸が引っ掻かれるみたいに痛かった……」

「あ……っ！」

愛の言葉を囁きながら、ステファンがキスし続ける。そして、彼の手が首に巻いた兎毛皮《ラビットファー》のショールを優しく剝ぐ。

ただ、ショールを解かれただけなのに、彼の指先の動きはとても官能的に思えて、床に落ちた微かな衣擦れの音にもびくっと身体を震わせた。

「興奮してる？　僕はとても興奮してる」

ステファンの指がさらにドレスに伸びて、胸元を摑むとゆっくり下ろした。中に着ていた下着も一緒に下ろされ、乳房が露わになってしまう。

「んっ……んぅ、あ……ん――――」

唇を奪いながら、彼の指はテレーゼの白い肌に触れる。

胸元の感触を楽しんだ後、乳房に滑り落ちた。彼女の胸の膨らみの上を指が歩く。

――あ、ああっ……ステファンの指……なんだかとっても……。

彼の指の動きはとても繊細で、官能的で、テレーゼの心をゾクゾクと震わせた。激しく揉まれたわけでもないのに、指先の刺激に、悶えた。

「ん――ん、あっ……ぁん……」

ほだされるようなその指の動きに、キスの合間にも甘い息を吐いていく。

「ステファン……その触り方……とても……」

――淫らで……感じてしまう……。

つい、そう口に出しそうになり、テレーゼは羞恥心に顔を赤らめた。

あまりにも彼の指が扇情的で、身体が躍った。

「感じてる？　君が僕の指で甘く鳴いてくれるなんて……んっ、ちゅっ」

「はぁ、ん――んっ……んぅ……」

息を吸う間をつくように、彼に口をふさがれる。

苦しくて、でもそれが肌をもっと火照らせて、胸の鼓動を高めていく。

触れてくるステファンの指先に、より敏感になってしまう。

するとふと彼の唇が離れた。

「君はじっとしてて。今日は僕がたくさん君を甘い声で鳴かせたいんだ」

額を合わせながら言うと、彼の顔が視界から消える。

顎にキスをして、首筋を通って、胸元にチュッチュとキスをすると、乳房を目指した。

ステファンの口づけはより淫らになっていく。

「あっ！　あっ！」

それが始まった途端に、立っていられないほどに身体がガクガクと震える。

テレーゼの胸を彼が吸っていた。

ちゅうちゅうと卑猥な音が、誰もいないガランとした灯台の建物に響き、反響する。時々聞こえるのは穏やかな風の音だけで、そこは二人が奏でる淫らな音で溢れていく。

お互いの荒い息遣い、興奮で時折震える足音、キスをする水音。

「まだまだ、こんなものじゃないから。覚悟しておいて」

そんな恐ろしいことを告げると、片胸を手で、もう片方の胸を唇で愛撫し始めた。

舌と唇を使って、胸と胸の先端をステファンは様々な角度と強さで弄っていく。テレーゼは何度も悶え、背中と腰を滑らかにしならせた。

「……!?　あ、だめ……ぁんっ……」

さらに彼の空いている手が下肢に触れる。

太腿を上へ触れていくと、ゆっくりテレーゼに感じさせるようにして下着を剥いでいく。肌を滑り、腰から抜けてすっと落ちた下着の衣擦れの音にまた身体が震えてしまった。

ひんやりした空気を下肢に感じ、寒さを覚える。

「大丈夫、僕が温めてあげるから。汗を出すぐらいに」

愛おしそうに胸を唇で愛撫しながら、彼が言う。ぞくっとするその言葉通り、その後の行動はとても淫らだった。

今度はバサッと一気にドレスの裾をめくりあげると、秘部に顔を押しつけてくる。熱い吐息を感じて震えた次の瞬間、彼の舌が愛撫した。

まだ咲いていない花弁を鼻で撫でながら、秘裂に舌を這わす。

そして、そのままゆっくり上へ進んでいき——。

「あ、あああああ！」

テレーゼの身体に強すぎる刺激が走った。

——何？　今の……神経を弾かれたような……。

「あっ！　あっ！」

そこを触られるたびに、鋭くも甘い声が漏れてしまう。

秘部の少し上、興奮したテレーゼの花芯をステファンは舌で刺激していた。

唇であやすように触れると、その包皮をめくりあげ、花芯を露わにする。舌でゆっくり、けれど執拗に一番感じる場所を刺激し始めた。

「……あ、ん……んっ！　んんっ！」

これ以上、淫らな声を聞かせないようにテレーゼは唇をぎゅっと結ぶ。それでも声を漏らさずにいられないほどの快感と刺激が彼女を襲った。

――何……これは……すごく痺れる……。

舌で舐めるだけでなく、彼は唇の先で花芯を摘まんだり、嬲ったりする。ガクガクと足は震え、立っているのもやっとになってしまう。

――そこは……もう触れたら駄目っ！　じゃないと……。

絶頂に達してしまう。頭が蕩けてしまう。

そう思ったところで、気持ちが通じたのか彼の頭が腰から離れる。

「もう少しだけ我慢してて」

しゃがんでいた身体を立ちあがらせ、ステファンが囁く。

無言で頷くと、彼の手が片方の足を摑んだ。

片足で立つことになり、さらに苦しくなる。だからだろうか、支えるように彼の熱杭がやや下から入ってきた。

「あ、あぁああっ！　あっ！」

立っていること、下肢を開く卑猥な姿勢に気を取られていて、熱いものが膣口に押しつけられたとわかった時にはもう中へと入ってきていた。

――熱い……とても熱い……！

隆々と興奮した彼の肉杭は、とても硬く、テレーゼの膣を激しく擦りながら奥へと進んでいく。熱が一気に身体の中に伝わった。

背中を壁に押しつけるようにして、彼が腰を突き挿れてくる。

体勢のせいもあって、すぐにそれは膣奥へと到達した。けれど、それからが激しかった。

「あ、ああ、ああっ……ぁあっ！」

彼のすべてが入ると、自分の身体の重さがかかって肉杭がより突き刺さる。

すぐに全身が痺れるような強い刺激がテレーゼを襲った。

もう、声を抑えている余裕もない。

「は、あぁぁ……」

ステファンの快楽の混じった吐息が耳元から聞こえてくる。

しっかりとテレーゼの足と腰を抱いたまま、彼は腰を動かし始めた。

「んっ……あっ……んっ……あ、ああっ、あぁん！」

小刻みに彼の腰が振られ、肉杭を突き挿れられる。

じりじりと亀頭と膣奥が擦れて、刺激と快感が入り交じった。灯台の建物の壁に打ちつけられてしまうかのように、何度も何度もステファンの肉棒はその情熱を伝えてきた。

——あぁ……激しい……ステファン……。

これが愛してもらえなかった。愛せなかった彼の過去の現われだと思った。

今まで向けるところがなかった愛情を、自分にすべて向けてきている。そう思うと、何もかも受け止めてあげたかった。

テレーゼは腕を彼の首に回す。

彼の想いを、過去をしっかりと抱きしめ、抱きとめるつもりだった。

「テレーゼ！　あぁ……」

ステファンの身体に力が入り、テレーゼの名を呼ぶ。

挿入された熱杭が一段と興奮し、脈打ち始めたのがわかる。

「ステファン……は、あぁ……ステ……ファン！」

名前を呼び返すと、不意に彼がきつそうにしながらも笑みを浮かべ、額に優しいキスをしてくれる。

「……あぁ、僕のテレーゼ！」

ステファンが一度腰を引くと、一気に奥まで突き刺す。そして、そのまま限界まで肉棒を埋めた。

「……っ！」

「ん、んんんっ！　あ、ああっ！　んぅ……はぁ……あぁ……」

同時に二人の身体へぐっと力が入り、そして、抜けていく。

抱き合ったまま絶頂を迎え、お互いの身体が震え、ぶつかり合う。

灯台の中は、荒い二人の息遣いがやまず、熱気がいつまでもこもっていた。

※　※　※

テレーゼを屋敷の近くまで送り届けてから、ステファンは海へと戻ってきていた。

すでに辺りは暗くなり、うねる闇色《やみいろ》の波が音を立てている。

――温もりが消えないといいのに。

彼はテレーゼの名残《なごり》を探すために、ふらふらと足を運んでいた。

さっきまで一緒にいたのに、馬鹿らしいな……と思いながら。

しかし、未練がましさを咎める者はいない。

この場所を歩いて、何度だってテレーゼのことを思い出して、彼女が口にした言葉を反芻して、記憶に留《とど》めたい。

「何もかも……」

全部、忘れたくないと思った。

「相応しくないことはわかっている……」

自分に言い聞かせるように呟く。

子爵家と伯爵家、その壁は高い。

相応しいのは誰か？

自分でもガイでもない。別の優しくて気品に溢れた貴族だろう。

諦めなくてはならないと言い聞かせながらも、テレーゼのことしか考えられない。

――少し、頑張ってみるのも悪くない。

彼女のためなら……。

「……テレーゼ、大好きだよ」

優しい声は波の音に消されていった。

【第五章】 贅沢な奪い合いで乱されて

テレーゼは、恋の感情に乱されていた。

恋など知らないと思っていた五回目の舞踏会から、世界が一変してしまった。

起きていても夢の中でも、見えない甘い心がテレーゼを急き立てて、彼のことを考えてしまう。

正確には……彼らのことを。

——どうしたら、いいの？

知りたいと思った時点で、恋だと気づくべきだった。

学んでいたら、気づいて、こんな落ち着かない気持ちと思考から逃れられたのだろうか。

その相手が一人ならきっと、テレーゼは自分の成長を褒めることができたのかもしれない。

——けれど、二人……だから。

まう。

ガイとステファン、どちらにもいいところがあり、一緒にいると触れ合うことを許してし
ふしだら、はしたない……そんな言葉が脳裏に浮かんでは消え、彼らの顔が貞節をはずれた言葉をかき消すように鮮やかに蘇《よみがえ》ってくる。

どちらとも関係を持ってしまった……。

舞踏会でのことすら誰にも言えないのに、さらに話せることではなくなってしまった。

本当のことを知っているのは、彼らだけ……。

ガイもステファンも、テレーゼがそれぞれと関係を持ってしまったことを気づいている様子なのに、責めたりはせず、社交場では競うように話しかけてくる。

――どちらも、選べないのに……。

ぐずぐずしているテレーゼを、彼らは気長に誘ってくれているのだろうか。

ロミルダが、彼らが出席しない、チャリティーの催し物ばかりを選んでテレーゼを連れ出すのに、彼らは当然のようにその場に参加していた。

演劇、朗読会、彼らはスポンサーになり、先回りしている。

今日の、薔薇の品評会でも――。

テレーゼは、ロミルダと参加者十人分の薔薇をゆっくりと見て回り、その花弁の大きさや艶やかさ、香り、色に至るまで十分に発言をして、招待席へと戻った。

薔薇黄《プリムローズイエロー》に金のサッシュベルトのドレスは、歩くたびにさらさらと音を立てていて、座ると柔らかいスカート部分が薄い靴下ごしに感じられる。

会場は、石造りのホールに白いカーテンが張られて、前方がステージになっていた。

赤、桃色、黄色、白……どの薔薇を見ていても、背後を気にしてしまい、テレーゼは気が気ではなかった。

当然のようにガイとステファンも品評会には相応しい装いで参加していて、ロミルダが追い払うような発言をしてもテレーゼに声をかけてくる。

「テレーゼ、気に入った薔薇はあった？」

「あったとしても、あなたには関係ありませんよ」

ステファンの問いかけを、テレーゼの代わりにロミルダがぴしゃりと返す。

かと思えば――――。

「ああ、一番美しい薔薇かと思ったらテレーゼだったな」

「投票箱は、向こう。ステージですよ」

ガイが仰々しく手を広げてテレーゼに話しかけるのを、またもやロミルダが遠くへ促す。

彼らが去っていくと、その背中へ、近くの席から噂話が聞こえてくる。

恰幅《かっぷく》のよい夫人の二人連れだった。一人が扇を取り出して、ステファンを示す。

「ランカスター子爵は、最近、評判がいいのではなくて？　真面目《まじめ》になったと聞きますわ。

慈善活動にも参加しているとか」

――ランカスター子爵……ステファンのことだわ。

テレーゼは名前を聞いただけでドキリと胸が高鳴った。

「更生してあの様子なら、娘の結婚相手としては不足なしね」

「ブロウディ様も働くのをやめれば考えてもいいわ、お金はあるんですもの」

彼らを値踏みする噂話に、胸がドキッとした。

「……まったく、どうしてあの二人はこんな場所にいるのかしらね。サロンや仮面舞踏会にでも行って、好きなだけ浮名を流していればいいのに」

ロミルダが咳払《せきばら》いをして、テレーゼを噂話から遠ざけるように口を開いた。

それでも、夫人の二人連れの話は止まらない。

「実は先日の演劇会の後で、二人とお話する機会があったんですけどね。なんでも放蕩貴族を返上して、一人のご令嬢を取り合っているとか。名前までは教えてくれませんでしたけれど、早く決めないそのご令嬢、わざとじゃないかと思いますのよ」

悪意を含んだひそひそとした声に、テレーゼは震えそうになる。

「まあ、どなたかしらね。後で、お名前を問い詰めてみましょうよ、今日は聞けるかもしれないもの……」

途端にロミルダが立ち上がり、テレーゼの手を引いた。

「帰りますよ！」

「お、叔母様……？　今帰ったら、失礼に……」

言い終わらないうちに、テレーゼは会場から連れ出されて、馬車に乗せられた。

そのまま――。

ベルコーレ家へ戻り、ロミルダは書斎にこもって手紙を書いていた。

やがて、使用人に手紙を託《ことづ》けると、今度はテレーゼを応接間へ呼び出した。

ロミルダが怒りの色を滲ませて、長椅子に座っている。

「そのまま立ってお聞きなさい。長い話ではありません」

嫌な予感がした。

テレーゼは緊張した面持ちで、ロミルダの次の言葉を待つ。

「身分とは……お金では買えるものではありません。わたくしが何が言いたいのかあなたはわかりますね？」

――ガイとステファンのことだわ……。

テレーゼはおずおずと頷いた。

「放蕩貴族が少しマシになったところで、あなたは伯爵令嬢、ガイ・ブロウディは爵位のないただの伯爵家次男です。ステファン・ランカスターはただの子爵家、アンドルース伯爵家の身分とはまったく釣り合いが取れません」

「……でも、私の……アンドルース伯爵家は持参金も用意できないほど落ちぶれているのに……彼らを貶める言葉は……口にできません」

テレーゼは、ゆっくりと、でもきっぱりと彼らをかばった。

「あなたの気持ちぐらい、わたくしは気づいています。噂にされ始めていることも……だから、手遅れになる前に――――先ほど別荘の管理人に手紙を出しました」

「別荘……？」

ロミルダが何を言っているのか、一瞬わからなかった。

聞き返したテレーゼの戸惑った声が、ロミルダに火を点ける。

「伯爵家……家族のことを第一に考えたらどうすればいいかわかるでしょう！　お金は十分にあるのです、保養地で来シーズンまで頭を冷やしなさい！」

「そんな……っ」

今までに見たことがない、ロミルダの憎しみの表情が、本当のことだと裏づけていた。

「明日一番の列車で保養地にやります、支度をしておくように」

ぴしゃりと言い放ち、ロミルダが動けないテレーゼを残して応接間を出ていく。

衝撃が……だんだんと戻ってきて、叔母の言葉が身に染みていった……。

『伯爵家……家族のことを第一に考えたらどうすればいいかわかるでしょう！』

そう……だ。

何もかも、その通り。

「はい……」

誰もいない空間で、テレーゼはのろのろと返事をした。

うっすらとわかっていたのに、浮かれて、恋をして、ドキドキして……。

舞いあがっていたテレーゼが悪かったのだから。


荷物をまとめていると、セレネが部屋へ入ってきた。

身の回りのものを鞄《かばん》に詰める手伝いに来てくれたと思ったのだけれど、様子が違う。

テレーゼは荷づくりの手を止めて、セレネを見た。

「どうしたの？　セレネ」

緊張したような顔のセレネが声をひそめて口を開く。

「わたしがこの部屋を訪れたことをベルコーレ夫人には必ず内緒にしていただけますか？　今夜のことは何もかも内密に、もし露見しても……わたしをかばってくださいますか？」

彼女からただならぬ気配を感じた。

ロミルダに何か言われて来たのではないとすると――。

微かに希望が灯る予感がした。

「ええ、もちろん」

テレーゼはセレネを見てしっかりと頷く。

やがて頷き返した彼女が手紙を手渡してくる。

「テレーゼ様宛《あ》てのお手紙です」

「私に……手紙――あっ……」

封蠟はテレーゼも知っている。ステファンの、ランカスター子爵家のものだった。

「申し訳ありません。お二人から、テレーゼ様の身の回りに何かあったら知らせるように、言われておりました。ですから、保養地へ明日に旅立たれてしまうことを、お知らせしました」

「そう、二人は……私を気にかけていてくれたの……」

テレーゼの表情を見て、怯えていたセレネがほっとした顔になる。

「何かあったらお呼びつけください」

そう言ってセレネは部屋から出ていった。

封蠟を取ると、中の筆跡はガイのものだった。

『明日の朝、保養地に行くことを聞いた。お前ともう会えなくなるなんて耐えられない、ステファンの気持ちもまったく同じだ。待っていたけれど待てない状況だから』

『今夜の仮面舞踏会に来てくれ。招待状と馬車の手配はしてある。ヴィルモット伯爵家の舞踏会、支度は侍女が知っている』

『俺たちは仮面舞踏会で仮面の下に素顔を隠す。もしその姿でも見つけてくれたなら、どちらか選んで手を取って欲しい』

『手を取られたほうは、必ずお前を連れて逃げて幸せにする。後処理は、残された者が全力でするから気にしなくていい』

『俺とステファン、どっちの前で、非情にどちらかを選ぶのはお前には辛いだろう。仮面は罪の意識も隠してくれるはずだ』

『ここまでが、俺たちの望みだ。しかし――もっと大きな望みがある。それはお前の幸せだ』

『保養地へ行き、全部忘れて来期の社交界に出るのならば、俺たちは姿を出さないことを誓おう。もう二度とお前を惑わさない。これは脅しではなく最愛のお前を守る手段なんだとわかってくれ』
『最後に、もう一つだけ、願いがある。惨めだと笑ってくれたら嬉しい』
『どちらの手も取らなくても、仮面舞踏会で姿を見せてくれるだけでもいい、会いたい』
『家族のことを考えて帰ってもいいから、声をかけなくてもいいから、手を取るつもりがなくてもかまわない。だから——お前を困らせたくないが、会いたいんだ』

彼らの気持ちが切々と伝わってくる手紙だった。
テレーゼのことをわかってくれた上で、会いたいと望んでくれている。
「私だって……会いたい……」
アンドルース伯爵家のことを考えると逃げるなんて許されないことだ。
けれど、明日旅立つなら。もう今夜しかない……。
——時間がない、会いたい。
せめて、別れの前に彼らの姿は目に焼きつけたい。
今夜、馬車に乗って仮面舞踏会に行けば姿を見ることができるのだから。

【第六章】素顔の仮面舞踏会

仮面舞踏会が催されるヴィルモット伯爵家の城は、郊外からさらに森を越えた、広大な領地にそびえていた。

城の周りは暗い森で囲まれ、道を照らす灯りも、招待客が集まり終わる夜更けには消されてしまう。

二色の大理石が交互に敷き詰められた床からなる巨大なエントランスホールの中央から低い階段が十段、彫刻の置かれた長方形の踊り場から、左右に分かれるように二階へと階段が伸びている。

続く吹き抜けの三階まで舞踏会の演奏は届き、談話室や客室が開け放たれていた。

扉も柱も箔押しの蔦《つた》模様、階段には真っ赤な絨毯が敷かれ、シャンデリアも赤い硝子が使われている。

ランプシェードも真紅の布覆いで、ヴィルモット伯爵城は妖艶《ようえん》な赤い炎をまとっていた。

テレーゼは入口で執事らしき仮面の男に招待状を見せると、丁寧だけれど有無を言わさぬ早さで、城内へと導かれてしまい――――。

――来てしまった……。

人とぶつからないように気をつけながら、仰ぎ見るように城内へ目をやる。

誰もが仮面をかぶり、ある者は派手な仮装をして、大勢の招待客がさざめくように談笑していた。

テレーゼの知る舞踏会とはまったく違う、恍惚として扇情的な雰囲気に肌が粟立つ。

そして、自分の装いが、この場に溶け込めるか不安になってくる。

ダークチェリー色をした裾が花形に広がったドレスは、重ねた真紅のスカート部分が歩くと、ちらちらと見える。

黒いレースで両目を覆う蝶《ちょう》の形の仮面は思ったよりも視界が悪くない。

彼らを仮面の男の人の中から見つけることができるのか……は、自信があったけれど、同じぐらいの背格好をした黒い燕尾服に仮面姿の男の人とすれ違うたびに、緊張感が走った。

――違う……。

――まだ、来ていないの？

足元が絨毯に変わり、テレーゼは階段へと踏み出していた。

赤茶色の艶やかに磨かれた手すりに導かれるように一段、一段と登っていく。

踊り場で足を止め、高くなった視界で一階のフロアを見回しても、見知った気配はない。

顔全部を覆う仮面をつけた一団が声をあげて、彼らに煽《あお》られるように大きな帽子と一体の仮面をかぶった女たちが酒を飲んでいる。

歓声があがったほうを見ると、アコーディオンを弾く男を取り囲み、椅子取りのゲームが始まっていた。

「踊りませんか？　ゲームでもいい」

「えっ？」

突然テレーゼの前へ手が差し出され、男の声がする。

ガイでもステファンでもない声、息を呑んだのも一瞬で、テレーゼは注意深く返答をした。

「ごめんなさい……人を探しています」

「後で落ち合えるさ、ゲームをしよう。きみは初めて？　会ったことがないよね」

男が馴《な》れ馴《な》れしく身体を寄せてくる。

――やめて……。

違う！　貴方ではない。

……と、叫び出しそうになるのを堪えて、テレーゼは男の横をすり抜けて階段を登った。

「あっ………」

――視線？

男から逃れたところで、テレーゼは自らに注がれる視線を察知した。

誰かに見られている……。

テレーゼを知り、噂する者なのか、男が彼女を口説く賭けをした仲間なのか。

それとも……。

「…………」

――彼らだわ。

テレーゼは目を閉じてその気配を探した。

仮面をつけて、いつになく艶やかな衣装を身に着けていても、彼らはとっくに彼女を見つけていたのだ。

「……っ！」

切なさで息を漏らしてしまいそうになる。

――このまま、ベルコーレの屋敷へ帰れば……何もなかった夜になる？

ここまで来て、逃げて帰ればいいと心の中で警鐘が鳴る。

鳴らしているのは、天使か悪魔か――。

――会うだけ……最後に姿を一目見るだけだから……。

自分の気持ちを宥めるように、階段の手すりをなぞりゆっくりと登った。

――手を取ったりはしない。見つけても、駆け寄ったり声をあげたりは決してしない
……ただ、目に焼きつけたいだけ……。

テレーゼは馬車の中で何度も反芻し、自分に言い聞かせたことを呪文《じゅもん》のように胸の中で何度も唱える。

『家族のため、アンドルース伯爵令嬢として……正しい結婚をしなければならない』

それを目指してきたはずだった。

『今は、保養地に行って来期まで静養する。何もかも忘れて、記憶も思い出もなかったことにして、安穏と過ごすのだ』

――どちらかの手を取ってしまったら、テレーゼにとっては幸せでも、家族も社交界からも転落の人生が待っている。

ロミルダが正しい、一番潔く、悲しむ間もなく、離れられるから。

二階のフロアは、真っ赤な薔薇がそこら中に活《い》けてあった。壁にかかっている肖像画も薔薇を持った女性ばかりだ。

広い廊下沿いには、ずらりと大きなソファが置かれていて、近しい者が二人で座り、秘密や愛を囁いている。

その廊下の突き当たりでは、道化師の仮装の男が金の輪を投げる芸をしていた。投げ終わると無言のままパントマイムを始め、場を盛りあげていく。

取り囲んでいた人々からおざなりな拍手が起こる。

華やかだけど哀愁の漂う道化師が拍手を受けて、片手を広げて恭しく頭を下ろす深い礼をする。片目から髪へかけて羽根がついた両目がわからない仮面。

けれど、その動きだけでテレーゼには、哀れな道化師の正体がわかってしまった。

――ステファン……。

心の中で名前を呼ぶと、それは確信に変わる。

テレーゼが見つけたことを彼は気づいているだろう。顔はあげない、目も合わないけれど、気配でわかった。

礼をしながら、彼は全身で叫んでいたから。

『この手を取って』と――。

テレーゼが立ち尽くしていると、三階から談笑した集団が下りてきた。ぶつかりそうになり、よける。

異国の珍しいそれぞれ異なる衣装を身にまとった彼らは、仮面の下に白い歯を見せて笑っていた。

お忍びの王族が紛れ込んだのか、それとも趣向を凝らした仮装だろうか。

テレーゼにはわからない言語で話をしながら通り過ぎていく、けれど、一人だけ唇を開いていない男がいた。

彼は一番後ろにいて、俯き加減でテレーゼとすれ違う。

ただそれだけなのに存在感があった。

彼は熱砂の国の王のような頭衣《カフィーヤ》に、白いローブと宝石の装飾をまとっている。金属製の仮面は、威圧感と畏怖させる雰囲気があった。

けれどその中にテレーゼは不器用な優しさまで感じることができてしまう。

——ガイ……。

気配が遠くなっていくにつれて、絶対にそうだと感じた。

『この背中にすがり手を取り引き止めろ』と——。

——見つけた……見つけたのに……。

ガイが行ってしまう……。

本当は手を伸ばしたい。けれど、家族を裏切ることになる。

テレーゼは動けないでいた。

道化師が取り巻きに金の輪を投げてから、軽やかに走ってくる。

足を止めずに、なんのためらいもなく、階段の手すりを尻で滑っていき、テレーゼを通りすぎて階段へ戻り、下りていく。

傍目には道化師のパフォーマンスに見えたかもしれない。

でも、違う。テレーゼを困らせないために姿を消しに行くのだ。

一目顔を見たい。本当に一目だけで……。

彼らは本当にテレーゼが手を取らなければ、無言のまま身を引いていってしまう。

——いや………。

頭がくらくらして、今までに味わったことのない恐怖心が襲ってきた。

奈落《ならく》に呑まれていく。絶望がテレーゼの心に警鐘を打ち鳴らす。

「…………いや！」

今度は口に出していた。

階段を慌てて下り始めて、心が急きすぎて踏みはずしてしまう。

「きゃっ……！」

つま先が絨毯に捕らわれたと思った瞬間、テレーゼの身体は宙に浮いていた。

階段の踊り場めがけて、急降下する。

強い衝撃を受けることを覚悟してぎゅっと目を瞑った。

けれど——。

「危ないっ！」

「何をやっているんだ、お前は!?」

テレーゼの身体は、階段の踊り場で、恋い焦がれた二つの声に受け止められた。

——ステファン……ガイ。

長い間、聞いていなかったわけじゃないのに……懐かしくて、嬉しくて。
膝をついた不安定な姿勢の彼らの中で、テレーゼは抱き支えられていた。
その温もりに身体中が安堵する。
――この手を取りたかった……。
「取りたかったの……この手を……」
――もう、離したくない。
――離れたくない……。
手が一番正直だった……二人に触れてこんなにほっとしているもの――。
テレーゼは、いつの間にか自分の視界が、かなり明るくなっていることに気づいた。
絨毯の上にレースの仮面がある。
――私の仮面……？
階段から落ちた衝撃でテレーゼの仮面が落ちていた。
「仮面が……」
それを拾って慌てて手渡してくるステファンの手を、テレーゼは制止した。
誰に見られても、知られても……いい。
取り繕わなくてもいい……好きだから……大好きだから――。
「いいの……愛しているからいらないの……大声で言いたいっ」

どちらも、好きなの。選べないの、片方なんて――――

――――私を導いてくれた大好きな人は二人いるのだから。

テレーゼは、右と左、ガイとステファンの腕をぎゅっと引き寄せた。

「――――テレーゼ・アンドルースは、ガイとステファン、どちらも大好きなことをこの場で宣言します……っ！」

城内からどよめきの声があがった。大勢の招待客が、仮面の下の瞳を興味深く輝かせて、テレーゼを見ていた。

「自分に嘘は……つけません、好き……さよならになんかできない……」

素顔で名乗ってしまった。

いくら仮面舞踏会でも、二人が好きだと宣言した醜聞《ゴシップ》は避けられない。

醜聞《ゴシップ》どころではない、もっとその先……。

移り気で、欲張りで、贅沢な……はしたない女の烙印を押されてしまうだろう。

それでも、欲しい……離れたくない――――。

無我夢中でテレーゼは、顔が近くにあった、ステファンの道化師姿へキスした。

片目から髪へかけて羽根がついた仮面は、テレーゼとの出会いも皮肉に象徴しているみたいだった。

テレーゼの口づけは優しく受け止められ、邪魔になる仮面をステファンもはずしてしまう。

「仮面が邪魔だ」

「んっ……ステファン……ん――」

ステファンの唇は少し震えていた。

「僕もさよならになんてできない……二人を望んだテレーゼがますます愛しくなったよ。どうしてだろうね……正直な君が、ますます好きになる。今の好きより先はないと思っていたのに」

そこで「おい」とガイの声がした。

「二人愛するなら、キスは平等にしてくれよ。羽根の淑女」

仮面を剥がしていくガイの顔がどんどん近づいてきて――テレーゼの顎に手を置き、くいっと顔を上向かせて、反対向きの顔のままで深いキスが始まる。

「んっ……ちゅ、ふ……欲張りなお前が好きだ」

仮面をはずしたステファンとガイは、テレーゼを立たせてからかばうように彼女の前へ立つ。彼らの背中が、衣装でわからないはずなのに、躍動感に満ちているのがわかった。

「ガイ・ブロウディはテレーゼの愛を心から受け入れる。今はいい気分だ、今夜俺を見たと言った奴は仕事の融資は渋らん。明日以降、俺を港で捕まえろ」

ひゅーっと歓声があがり「探しに行きます、ブロウディ様」と叫ぶ声が、いくつも聞こえてくる。

「明日の融資もいいけど、今夜の音楽もいかが？　僕はステファン・ランカスター、テレーゼに愛の曲を弾くよ。踊りたい奴は今すぐ隣の女の手を取りなよ。運命の出会いかもしれない。堕天使が舞い降りたのかも？」

ダンスフロアが騒がしくなり、どよめく人の間をステファンがするりと抜け、誰も使っていなかったピアノに近づく。

立ったままダダーンと鍵盤《けんばん》を鳴らしてから、ワルツの曲をアップテンポにわざとを弾き始める。あちらこちらから声があがった。

「彼に近づくことができるはしたない曲だわ！　感謝します！　ああ、でもその彼を探しに行かないと！」

「貴族様の愛に乾杯――――っ！」

「伯爵令嬢の欲張りに乾杯っ！」

大歓声があがった。

仮面舞踏会の雰囲気も手伝ってここにいる招待客たちには、三人のことを認めてもらえたみたいだ。

「……ったく、あいつは器用だな。テレーゼ、踊るか？　ああ、仮面はつけろよ。舞踏会のルールだからな」

「仮面舞踏会のルールでしょう？　出会った舞踏会ではあんな淫らなルール違反をしたの

に」

ふっと彼が口元をほころばせた。

「まったくだ」

ガイをからかいながら、二人で仮面をつける。

いつの間にかピアノを弾くステファンも仮面をしていた。

周りはもう早い速度のワルツを踊り始めている。ステップは一応わかるけれど、こんなに早く踊ったことはない。

「よし、行くぞ」

「わっ……！」

テレーゼの腰を支えて、ガイがダンスフロアに出てステップを踏み始める。

思った以上に曲のテンポアップが複雑で、簡略せずに踊っていたら、すぐに転んでしまいそうだ。

ガイがテレーゼの腰に回した手を巻きつけ、持ちあげて回し始める。

「きゃ……きゃぁっ……!?」

足が浮き、思わず彼の上半身に抱きつく格好になってしまった。

そのままの格好で早いワルツのステップだけ、ガイがこなしていく。

周りを見ると、招待客も歓声をあげて、多少は違えども同じようにはちゃめちゃなワルツを踊っている。

ガイがテレーゼを持ちあげて激しく回っているせいなのか、抱きついている場所からドキドキと鼓動が聞こえてくる。

テレーゼの心臓もドキドキしていたけれど、こんなに強く脈打つのは彼の鼓動だ。

抱き合ったままクルクルと回り、ガイが時々テレーゼを大理石の床へ下ろして正面から抱きつき、ぴたりと身体を合わせてワルツが続く。

「ガイばっかりずるいな！　ここからは、君が得意な速さだろう!?」

ピアノのほうからステファンの非難の声がした。

すると、ガイはテレーゼを下ろし、そちらへ駆けていく。

曲の変わり目ぴったりにガイが鍵盤に手を伸ばし、少しの音のずれもなくステファンと交代した。

高揚した様子でテレーゼのもとへステファンがやってくる。

「さて、僕にも抱きついてくれる？」

「その前に、速いワルツにどれだけついていけるか試したいわ」

テレーゼの中にわくわくした楽しい気持ちが広がっていく。

「よしきた。じゃあ、ステップはなるべく崩さずに、一、二、次から入るよ。それっ！」

「わっ……!?」

視界がぐんと回り、速いワルツは爽快だった。

けれど、音楽自体はもう耳では慣れていたから、ぎりぎりついていける。

他に踊っていた女の人が、ターンのところで妖艶に足をあげたので、すごいと思った。

「君もやりたい？　爽快だと思うよ」

「む、無理……」

――女の人のポーズだって、見惚れていて覚えていないのに。

「いいや、もう頃合だ。ここからが、ガイの得意分野になる、速いのが得意なんだ」

「えっ……えっ？　もっと、速くなるの……？」

ダダーンとピアノが鳴り、それからさっきと同じワルツが、もっともっと速く奏でられていく。

「さあ、僕につかまって！」

「ひゃっ！」

ステファンの腕が彼の肩から後ろへ顔を埋めたテレーゼの背に回り、もう一方の手が彼女の足をあげて固定しながら支える。

「す、ステファン！　恥ずかしいわ……下ろして……」

「だめだめ、僕はどんな速さでも君を抱えてステップを踏めるんだからっ」

彼がテレーゼを持ちあげたまま、足だけすごい速さのワルツを踊り始める。

　ダンスフロアのそこら中から歓声があがり、最高潮になった時に曲が終わった。

　大きな拍手の中、一人だけ長い拍手が続き、手を叩いたまま一人の黒烏《こくう》の仮面をつけた紳士が中央に立つ。

「いや、お見事だ。テレーゼ嬢、ランカスター子爵、ブロウディ様」

　男を見てステファンが声をあげた。

「ヴィルモット伯爵！　お招きありがとうございます。少々場を盛りあげすぎたのでしたらお詫びします」

「まさか、最高の前座だったよ。勇敢なテレーゼ嬢の姿を見ることができたし。今夜の仮面舞踏会は間違いなしに素晴らしいものになる」

　ヴィルモット伯爵がテレーゼを見て頷き、ガイを見た。

「盛りあげてくれた功労者として褒美はいるかね？」

「当然だ。四階に一室だけ森に向かったバルコニー部屋があるだろう。近くの部屋には誰も来させないでくれよ」

　ガイが自信ありげに言い放つと、すぐにヴィルモット伯爵から鍵が投げよこされる。

「えっ……鍵？」

　テレーゼが不思議な顔をすると、ステファンが彼女の背中に触れて誘う。

「君の愛の告白を、身体でも聞きたい。そして、応えたくてたまらないんだよ」

四階の廊下の突き当たりにある、両開きの金の扉の鍵がカチャカチャと開く音に、テレーゼは懐かしい心地で耳を傾けていた。

前にもこんなことがあった。

今、鍵を開けているのはガイで、テレーゼを抱いて運んでいるのはステファンだけれど、二人に甘美なエスコートをされているのは舞踏会の夜と同じだから……。

「…………」

テレーゼはもぞもぞとステファンの道化師の装束へ顔を埋めた。

「ふふっ、いけない子だね。でも、僕はその小さなおねだりだけで欲望が破裂しそうだよ。テレーゼ」

彼の胸から優しく笑った声が伝わってくる。

「……っ」

恥ずかしいのに、いけないのに、期待してしまう……。

この仮面舞踏会のせいか、緋色の空間に酔ったせいか、わからない。

――彼らにすべてさらけ出して淫らにして欲しいと思う。

いつからこんな身体になってしまったのかわからない。

好きだから？　道をはずれているから？

彼らが二人、だから……？

――どんな言い訳を用意しても、胸の高鳴りが止まらない。

テレーゼの心など見透かしていると言わんばかりに、ガイが先に早足で部屋へ入っていく。

そのまま、広く静まり返った部屋を突っ切り、長椅子もベッドも通り過ぎて、窓を開け放った。

「えっ……？」

突然流れ込んできた冷たい風は、仮面舞踏会の速いワルツで熱せられた身体には、心地よかった。けれど、窓を開けたら、部屋の鍵をかける意味がなくなってしまうのに。

「大丈夫、外は森だよ。誰も来ないさ。バルコニーに風に当たりに行こう」

仮面から覗く口元をニヤリと吊り上げてステファンが囁く。

テレーゼもレースの仮面をつけていたから、角度が悪くて瞳はよく見えなかった。

けれど、表情のすべてがわからなくても、彼からは淫靡な誘惑が漂っている。

バルコニーへ出ると、室内の灯りは届かず、暗い森が目に飛び込んできた。

すぐに目は慣れて、月明かりで近くのものの造形はわかっていく。

昼の光の中であったら白く輝いているだろうバルコニーの手すりが、青白く浮かびあがっている。

「来い、テレーゼ。全身全霊で愛してやる」

その手すりを背にどっかりと座り込み、仮面をつけたままのガイが手を伸ばしてきた。

強い――断られることなど微塵《みじん》も感じていない、誘惑。

彼の白い衣装もまた、月明かりで青みがかっていた。強者の風格をまとった衣は、抗えない魅力を放っていて……。

「王様がお呼びだってさ、さしずめ僕はおこぼれにあずかる宮廷道化師かな」

茶化した声のステファンに下ろされ、そのまま背中を押された。

「あっ！」

テレーゼはよろけながらガイの胸へと収まる。

膝をついた時に、ダークチェリー色のドレスが汚れてしまうと思ったけれど、ガイの温もりですぐに忘れてしまった。

「俺が王なら、テレーゼは差し出されて毎夜抱かれる寵姫《ちょうき》だな、具合を確かめてやろう」

「えっ……！　あっ……が、ガイ！」

ガイが座ったまま、テレーゼの腰をドレスごと片手でまくりあげて持ちあげ、もう片方の手でパニエごと下着を引き抜いていく。

「待っ……こ、こんなところ……で――あっ……」

「ふふっ、こんなところで？」

背中にちゅっと熱を感じ、ステファンの囁きが聞こえてきた。

彼はいつのまにか、テレーゼのドレスを背中から剥くようにして、口づけながら下ろしていく。仮面の羽根が、キスされた後の肌を刺激していく。

「あっ……ん……」

キスをするステファンの唇から、官能をまとった言葉が零れて、テレーゼの抵抗を奪う。

「誰も見ていない、僕たち以外は聞こえていない、君を……ここで抱きたいんだ、さらけだして？」

「で、も……」

風が冷たかったはずなのに、もう熱しか感じない。くらくらした。

「でも――じゃない。お前も欲しいはずだ」

ガイの言葉と一緒に、くちゅっと微かな水音がして、下肢に甘い痺れが走った。

「あ……ん……んんっ……」

露わになったテレーゼの秘部を、彼の指が一本、控えめに叩いていて……。

ガイの指先にぬらりと甘い蜜が一滴、伝ったのが自分でもわかってしまう。

――うそ……濡れて…………恥ずかし……い……。

カッと耳まで熱くなる。きっと顔は真っ赤になっている。

「や……どうして、濡れ……んっ、うぅ……」

混乱した。まだ、触れられただけなのに、身体はどうなってしまったの？

「恥ずかしがるな。お前から蜜を滴らせなければ、俺はどうなる」

青白い衣の下部をガイがはだけてテレーゼに見せつけてくる。そこには張り詰めた肉棒があり、テレーゼは羞恥で目を逸らした。

「んっ……！」

「僕も、なんだけど？」

ステファンの声が背中からして、恥骨の辺りに硬いものが押しつけられる。

「ひゃっ！」

緊張した甘い悲鳴を上げたテレーゼの両乳房を、彼が背後から揉み、背中に押しつけていた唇を耳へ移した。

「……もっと、濡れてくれなきゃ……この赤い蕾をつねれば、もっとびりびりする？」

くいっと乳首を勃《た》たせるように、ステファンがこねる。

「ああぁっ……びりびり……しちゃ……や……へん……んんっ……」

「ちょっと意地悪しすぎたかな？」

ステファンの指が、尖端から離れて乳房に吸い込まれていく。

卑猥に形を変えていく様子も、そこからくる甘美な戦慄きも、隠しようがない。

「あっ……んっ……ふ……ぁあ……」

「やっと滴《したた》りだしたな」

今度はガイが媚裂へ蜜を練り込むように撫でて、溢れてくる新しい愛液に指を絡ませていく。存在感がある逞しい指が一本、淫層へ挿し入れられた。

「ひゃ……ん……んんっ……」

その快感を突いた刺激にテレーゼは思わず嬌声をあげてしまう。

「まだ、きついな。一本しか呑み込めていないぞ」

ガイが仮面を揺らして、秘所への角度を変える。すぐに彼の、挿し入れられているすぐ横の親指が、テレーゼの一番敏感な花芽を見つけ、包皮ごと押す。

「ああっ……！　そ、こ……は……」

触れられただけで達してしまいそうになる。

ガイが指を挿し入れたまま花芯を刺激し、テレーゼの彼の指のことしか考えられなくなってしまう。蹂躙《じゅうりん》される心地好さに、ただ愛蜜を流した。

「この場所で泣くのは歓迎だ。俺のモノまで存分に濡らせ」

「やっ……あぁっ……」

ぽたぽたと愛液が蜜壺から掻き出されて零れてしまう。

しかも、その滴が、ガイの熱杭へと落ちてしまっていた。

あまりの羞恥に、理性の糸が切れてしまう――――。

――愛を貪《むさぼ》る、獣でも……悪いことでもいい……。

「んっ……ふぁぁっ……あ、あああっ……」

膣内で折り曲げられたガイの指先に、一段と甘い嬌声が漏れた。

彼がすかさず媚肉へもう一本指を這わせて、蜜の中へと埋めるように挿れていく。

「二本、挿ったな」

二本の指がテレーゼの秘所の中で絡み合い、バラバラの方向へと壁を押し広げていった。

「あっ……ううっ……あぅ……」

そのままじゅぶじゅぶとガイが蜜壺をまさぐっていく。

身をよじって逃げようとしても、両胸をステファンに揉まれていて、動けない。

ガイが指を引き抜いて、自らの肉棒へ手をかける。

そのまま、挿れられてしまうのかと身を硬く引いたテレーゼの膣肉へ、彼の灼熱が当てられたが、そのまま滑らせて肉杭の尖端でテレーゼの花芽を刺激してくる。

媚裂をぬらぬらと割り、包皮から覗く花芯へ肉茎が何度も何度も擦りつけられていく。

「ふぁ……あ、あああ……っ、なっ……これ……あっ……」

柔らかで吸いつく刺激、むず痒《がゆ》いような快感がせりあがってくる。

「指二本じゃ濡れ足りないからな、こうして解してやろう……それにお前にねだられたい」

「な……に……あっ……んっ……」

淫層がぞくぞくして、膣奥の甘やかな感情が弾かれた気がした。

「俺が欲しいと言え、挿れて欲しいとねだれ」

「そ……んなこ、とっ……あっ……ううっ……」

焦れるような快楽に身体がぴくぴくしていた。この先をテレーゼは知っている。

息が止まり、白い火花が散る戯《たわむ》れの記憶、彼を中で感じる悦楽。

「……………っう、欲しい……っ」

テレーゼは喘ぐように叫んでしまっていた。

刹那、雄々しい熱杭が今度は焦らすことなくずぶりと打ち込まれる。

「あ、ああ……っ……！」

「くっ……ふ……テレーゼ、最高だ……」

荒い息を吐きながら、ガイが腰を動かしていく。

雄々しさにえぐられながら、切なくて苦しいもので身体が戦慄く。

「ガ……イ……」

「僕のことも忘れてもらっちゃ困るな」

興奮したようすのステファンの声が耳に届き、ドレスをたくしあげられていた尻をぎゅっと両手で揉まれた。

その刺激で体重が移動して、よりガイを媚肉が深く咥え込んでしまう。

「あっ……ああ……っ」

臀部の双丘をなぞり、ステファンの指が何かを探すように蠢いていく。

「なっ…………んんっ……」

ガイから与えられる膣肉を突かれる快楽に、ステファンを咎める余裕がない。

やがて、彼はテレーゼの秘所より少し後ろにある、別の穴を見つけて、指を立てた。

「ひ……あっ……ん、なに……やっ……そこ……っ」

その場所は蜜壺から零れる愛液が伝い、濡れそぼっていたけれど、愛することとは別の柔襞だった。

ぐりっと押されると、濡れているせいで指先が入ってきてしまう。

「やっ、だめ……本当に……だめ……っ……」

力を入れて進入を止めたいのに、ガイに秘所を広げられているせいで、下半身にはまったく力が入らない。

「だめ？　どうして？　二人の愛を同時に受け入れるのは、こういうこと――――だよ？」

「あああああ――――っ！」

極彩色の火花が散った気がした。

ずぶりと後ろの穴へ挿ってきたステファンの肉茎が、そこを押し広げるように埋められていく。

「あ……あ、あっ……ふっ……ぁあぁ……あ……っ」

身体中が粟立ち、ひくひくした。

「こっちも加減しないぞ、テレーゼ」

ガイが一番奥まで腰を振り突きあげてくる。

「もう……奥な……い……あっ、あああっ……」

「ちゃんと、僕も奥までいかせて？」

ずぶぶっ――と、ステファンが尻に腰を打ちつけてきた。

「んんっ、んんんっ……ふぁうっ……！　お、しり……あっ……ああっ……」

前からと後ろから交互に奥まで突かれて、テレーゼは声にならない甘美な呻きを漏らした。

貪欲《どんよく》な咆哮《ほうこう》に、唇の端から糸を引く唾液《だえき》が零れてしまう。

「う……うっ……はっ、はぁ……ぅ……」

腰がどちらに引かれているか、合わさっているか、もう蕩けてしまっているのか、わからない。

彼らの怒濤《どとう》の愛を受け入れながらテレーゼは淫猥に躍り我を忘れた。

何度も頭の中で極彩色《ごくさいしき》の火花が散り、全身が緊張したかと思うと一気に弛緩《しかん》する。

恍惚の宴は、空が白む頃まで続き、テレーゼは二つの愛を受け止めた。

【エピローグ】密やかな結婚旅行～花冠と村祭り～

アンドルース家は没落を回避した。

伯爵令嬢のテレーゼの働きであったが、彼女が資産も身分も振る舞いも立派な貴族と結婚したわけではなく――。

アンドルース家に多額の支援があり、テレーゼの妹の持参金として大金が用意されて、親族を黙らせたと言ったほうが正しい。それを用意したのは二人の男だった。

ガイは貿易会社を育てていた部下に継がせて――。

ステファンは領地の整理をして、信用のできる管理人に任せた。

どちらも報告書は毎月届く、どれだけ離れていても……。

二つの愛を同時に受け入れたテレーゼは、七カ月の船旅を彼らと終え、外国の新しい大地へ踏み出していた。

噂が落ち着くまでの長い長い旅行――。

どこまでも続く緑の丘をテレーゼは歩いていた。

右を歩くのはガイで、左を歩くのはステファン。時々、どちらからともなく指を絡めて繋いで、足が疲れたら馬車に乗り、眠りたくなったら宿を取る。

様々な街を見て回り、珍しいものに目を輝かせ、それらを繋ぐ、大地を巡る。

誰にも噂されない土地は、自由の羽根が生えたように、生き生きと毎日が楽しく愛しい。

丘の上から草を揺らして吹いてきた風に、テレーゼの生成り《アイボリー》色をした膨らんだ袖《パフスリーブ》のドレスがふんわりと膨らんだ。

ガイが港で選んでくれたこのドレスはとても着心地がよかった。下ろして三つ編みで横髪だけ留めた髪はステファンが梳かしてくれている。

「ねぇ、僕は新婚旅行のつもりなんだけど、邪魔なのがついてきているからね。テレーゼ、振りきって逃げようか？」

「馬鹿言うな。お前だけを船に乗せて流してやってもいいんだぞ、荒野に置き去りもありだ。そうしないだけましだと思え」

ステファンとガイが、テレーゼを挟んで言い争うのも、随分と慣れてきた。

丘の上まで道を登ると、眼下に村が見えてくる。

「少し早いが今夜の宿だな」

ガイが額に手をかざして村を見た。彼はとても旅慣れている
「交渉は僕に任せてよね。テレーゼのためにいい宿を見つけてあげる」

ステファンは語学が達者だった。

「ありがとう、二人とも――あれ……村中に旗が立ってる……お祭りかしら？」

礼を言って村を見たテレーゼは、何やら賑《にぎ》やかな様子に心が躍り始めてしまう。

人々の行き来が激しく、スパイスがまじった料理の匂いも丘を上ってきて鼻をくすぐる。

「行ってみましょう」

テレーゼは声をあげた。船旅の間に、随分と前向きになり、色々なことにすぐに興味を持つようになった。

解放された気持ちで、彼らと一緒だから、もっともっと世界が知りたくなる。

「もちろん！」

「美味《うま》い飯にありつけるといいな」

ステファンとガイが、すかさず賛成の声をあげる。

誰からともなく早足になり、やがて三人で転がるように走り、丘を下っていく。

麓《ふもと》まで一気に着く頃には、それぞれが歓声をあげていた。

「旅の人かい？　だったら参加していきなよ、これから結婚式があるんだ」

駆け下りた息を整えながら村に近づくと、羊飼いの男が笑いかけてきた。

――――結婚式。

だから、こんなに村が飾りつけられ賑わっているのだろう。

「誰の結婚式ですか？」

招待を受けてもいいのか気になって、テレーゼは訊ねた。すぐに羊飼いの男に笑い飛ばされる。

「遠慮するなって、誰も彼も、おれもだ。牧師が三年ぶりに村に来ているんだ。妹も、隣の村も、二十人ぐらいまとめて結婚式をやる。祝いの酒を飲んでいけよ」

「まぁ……！」

男の後ろには、色とりどりの衣装に着飾って、列を作っている女の人の姿があった。

これから牧師を取り囲み輪になり踊り、外円には男が立ち、自分の花嫁に花冠を贈るのだと聞かされる。

「どっちかが恋人なら、どさくさに紛れて結婚してもいいんだぜ。飛び入り歓迎だ。兄さん……いや、弟さんの承諾があるならな。おっと……おれもそろそろ行かないと、花冠は村長の家で売ってるぜ」

羊飼いが最後の羊を追い立てて、柵の中へ入っていく。

家族と恋人の三人連れだと見られてしまったみたいだ。

「…………」

テレーゼはガイとステファンと顔を見合わせた。

──結婚式……。

互いに考えていることは、同じ……だった。瞳を見れば何もかもわかる。

三人で歩むためには、どうしても乗り越えられなかった壁があった。

結婚の契約なんて、誓いなんて、望まず、気にしないようにしていたけれど……。

「花冠を買ってこよう。一番大きなものを買えば、牧師さんも神様も目を瞑ってくれるはずだよ」

ステファンが村娘の輪の中へテレーゼの背中を押し、その場を離れていく。ガイも大股で彼の後を追う。

彼らを追いかけようとしたテレーゼは、すぐに村娘たちにつかまり「どこから？」「なぜここに？」「恋人はどっち？」と質問攻めにあった。

やがて牧師が輪の中へ入ってくると、花嫁たちはおしゃべりをピタリとやめて、歩きだす。

簡単なステップの踊りが始まり、今さら抜けるわけにもいかないテレーゼは見様見真似で続いた。

そうしていると、男たちが花冠を手に一列に並んで歩いてくる。

列の中ほどにガイとステファンもいて、輪を作る花嫁の数は二十人、花婿の数は二十一人なのに、誰も気にしていなかった。

過保護な兄か弟まで結婚式に参加する旅人のことを、間違えたぐらいにしか思っていないのだろう。

男たちの列がそのまま外円になり、テレーゼの前にガイとステファンが立つ。

「花嫁に祝福の花冠を――――」

牧師の声は厳かであったが、すぐに花冠を頭に乗せた花嫁と花婿の歓声にかき消されてしまう。結婚が成立した夫婦は幸せそうに抱き合っている。

テレーゼへも花冠が贈られた。

紫色のアザミに、燃えるような山百合《やまゆり》と可愛らしい桃色の撫子《なでしこ》、丸い花弁のいちごの花。

それらを、棘《とげ》を取った蔓薔薇が支えているレースのような白い花が額をくすぐった。

テレーゼはうっとりするような花の香りに包まれていく。

少し大きめのガイがくれた花冠は首飾りのように、首にかかっている。

二つ目の花冠は頭に……ステファンがそっと乗せてくれたものだ。

「俺の花嫁はそそる美人だな」

ガイがテレーゼを得意げな顔で見つめてくる。

「気分はどう？　花嫁さん」

悪戯っぽい眼差しで、ステファンが笑いかけてくる。

「――気分は……最高よ……！」

テレーゼは大地を踏みしめてから蹴り、勢いをつけて二人に抱きついた。

受け止める力強い腕の温もりは、ゆるぎなくて愛しい。

花冠の花弁は風に揺れ、甘い香りを放っていた。

あとがき

こんにちは、柚原テイルです。

ハニー文庫様『溺々愛～俺様富豪と鬼畜子爵に愛されて～』をお手にとっていただき、誠にありがとうございます。

今作はおもいっきり三人で！　ハード！　を、テーマにしました。

ここまで本格的な乙女向け濃厚三人プレイは書くのが初めてで、読者様に引かれてしまわない匙加減に緊張しながらも、やりたいことは出し切った気持ちです。

三人シーンは、私の中ではいつも妄想のかなり近いところにあり、普段たぎらせていた欲望を爆発気味で書きました。

今、さらりと告白させていただきましたが、本当です！

特にテレーゼの部屋でのシーンと、仮面舞踏会のシーンは書きながらドキドキしていました。楽しんでいただけますと嬉しいです。

「同じ感性でドキドキしたよ！」という読者様は、よろしかったらハニー文庫様宛に秘密の打ち明け的なお手紙でお知らせください。三人がもっとメジャーになれば、さらなる妄想へとチャレンジできそうです！

この場をお借りしましてお礼を――。

イラストのゆえこ様、とても可愛いテレーゼと、放蕩貴族二人をありがとうございました！　執筆の時点でゆえこ様にイラストをいただけるとお聞きしていましたので、たっぷりイメージして本文も書かせていただいたのですが、ぴったりの三人のイラストで嬉しいです。

また、的確なご指示と、丁寧なご対応、そして極上の褒め言葉をくださった担当編集者様ありがとうございます。感想のメールは永久保存です。

綺麗なロゴや帯をくださったデザイナー様、文章の精度をぐんとあげてくださった校正様、読者様のお手元に届けてくれた、出版者様、営業様、流通様、書店様、この本にかかわってくださった、すべての皆様にお礼申し上げます。

そして読者様、本当にありがとうございました！　またお会いできますように。

２０１５　柚原テイル

柚原テイル先生、ゆえこ先生へのお便り、
本作品に関するご意見、ご感想などは
〒101-8405
東京都千代田区三崎町2-18-11
二見書房　ハニー文庫
「溺々愛～俺様富豪と鬼畜子爵に愛されて～」係まで。

本作品は書き下ろしです

Honey Novel

溺《でき》々《でき》愛《あい》
～俺様《おれさま》富豪《ふごう》と鬼畜《きちく》子爵《ししゃく》に愛《あい》されて～

【著者】柚原《ゆずはら》テイル

【発行所】株式会社二見書房
東京都千代田区三崎町2-18-11
電話　03(3515)2311［営業］
　　　03(3515)2314［編集］
振替　00170-4-2639
【印刷】株式会社堀内印刷所
【製本】ナショナル製本協同組合

落丁・乱丁本はお取り替えいたします。
定価は、カバーに表示してあります。

ISBN978-4-576-15063-5

http://honey.futami.co.jp/

甘くとろける蜜の恋☆濃蜜乙女レーベル
Honey Novel

矢代米花の本

二人の皇帝
～淫らな愛の板挟み～

イラスト=成瀬山吹

辺境の国の王女ミルシャは見初められて大国の皇帝アレクシスの花嫁に。
ところがキースという「人格」が現れて…。

甘くとろける蜜の恋☆濃蜜乙女レーベル
Honey Novel

夏井由依の本

初夜
〜王女の政略結婚〜

イラスト＝周防佑未

夫を王にする権限を持つ王女ネフェルアセト。政略結婚相手のアフレムは
強がりを見抜いたように優しく触れてくる、今までにない男で…